키시마 키라쿠

일러스트／쿠로나마코

캐릭터 원안·만화／라탄

뛰어내리려는 여고생을 구해주면 어떻게 될까? 4

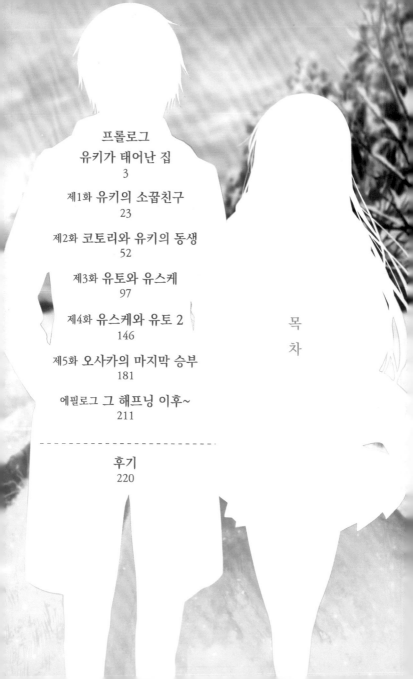

목
차

"우스케 씨……"

키시마 키라쿠

일러스트／쿠로나마코

캐릭터원안만화／라탄

뛰어내리려는
여고생을 구해주면
어떻게 될까?
4

유키가 태어난 집

겨울 방학 첫날.

고등학교 2학년인 유스케는 아침 일찍부터 전철에 몸을 싣고 있었다.

"그나저나 본가에 가는 건 오랜만이네."

유키는 창밖을 내다보며 그런 말을 중얼거렸다.

"전에 돌아간 건 언제인가요?"

그렇게 말한 것은 맞은편 자리에 앉은 시미즈 코토리였다.

검은색 롱헤어에 단정하고 상냥한 얼굴을 가진, 그야말로 정통 미소녀 같은 느낌의 소녀다. 현재 고등학교 1학년이며, 유키의 여자친구이기도 하다.

코토리는 우아한 움직임으로 오는 길에 산 도시락을 먹고 있었다.

'내 여자친구는 도시락만 먹고 있어도 예쁘고 귀엽네.'

그런 생각을 하면서 유키가 답했다.

"음, 아마 1학년 여름 방학 때려나."

유키가 그렇게 말하자 코토리가 조금 놀란 얼굴을 했다.

"1년 반 가까이 안 가셨군요……. 어머님께서 걱정하시지 않나요?"

"그런가? 우리 엄마는 방임주의라서 딱히 그런 느낌은 없는 것 같아. 심지어 내가 고등학교 땐 현내 근처 학교에 갈 거니까 혼자 살 거라고 했더니 직접 월세만 벌 수 있으면 알아서 하라고 즉답했을 정도고."

"사, 상당히 결단력이 좋으신 분이네요."

코토리의 반응을 보니 역시 자기 어머니가 좀 특이한 사람이 맞구나 싶었다.

유키에게는 그것이 당연했기 때문에 감이 잘 오진 않았지만, 주위 사람들의 어머니 이야기를 들어보면 여러모로 더 걱정해주고 신경을 써주면서 아이에겐 다소 잔소리꾼 취급을 받는 것이 일반적인 어머니라고 했다.

"게다가 돈과 시간 문제도 있고."

"아, 그렇군요."

코토리가 납득한 얼굴로 그렇게 말했다.

유키의 본가는 멀다.

유키가 사는 아파트에서 전철로 두 시간, 거기서 버스로 한 시간 반 정도 산을 오른 곳에 있다.

이 정도로 멀면 왕복만으로도 상당한 액수가 소요된다. 일과 공부로 바쁜 유키에겐 그럴 시간은 없는 것이다.

"……뭐, 그렇다 해도 설마 돈도 시간 문제도 해결하고 겨울 방학 통째로 푹 쉴 수 있을 거라고는 생각 못 했는데⋯⋯."

유키가 어깨를 으쓱하며 그렇게 말했다.

떠올린 것은 지금으로부터 3주 전.

겨울 방학에 코토리를 본가에 데려가기로 한 유키는 아르바이트 장소 중 하나인 친척이 운영하는 공장에 "연말에는 녀칠 묶어서 연휴를 내고 싶습니다"라는 말을 했었다.

그러자 마침 흡연실에 함께 있던 직속 상사와 사장인 친척에게 "아니, 이참에 유키군은 좀 더 푹 쉬는 게 좋겠다"라는 말을 듣고 만 것이다.

또 다른 일자리인 이삿짐 업체의 지역 매니저에게도 비슷한 말을 듣는 바람에 이번 겨울 방학은 통째로 쉬게 되었다.

심지어 사장님께는 본가에 가기 위한 교통비까지 받고 말았다.

이렇게까지 권유받은 이상 거절하기도 어려웠던 유키는 결국 겨울 방학을 쉴 수밖에 없었다.

"후후, 다들 유키 씨를 챙겨주시고 좋으신 분들이네요."

코토리가 웃으며 그렇게 말했다.

"그렇지. 난 정말 인복이 많은 것 같아. 사장님도 후카가와 부장님도 지역 매니저님도 정말 좋으신 분이야. 그리고 무엇보다 코토리처럼 상냥하고 늘 나를 응원해주는 여자친구도 있잖아."

"⋯⋯그, 그런가요?"

"항상 고마워."

"네, 네⋯⋯ 저야말로⋯⋯."

그렇게 말하며 뺨을 붉히는 코토리.

유키는 이제 이런 식으로 솔직하게 감사나 호의를 전하는 것에 상당히 익숙해졌는데, 코토리는 여전히 쑥스러워했다.

뭐, 그런 점이 너무 귀여워서 좋긴 하지만.

"그래도 뭔가 있지."

유키는 창틀에 팔꿈치를 괴고 한숨을 내쉬었다.

"⋯⋯뭔가 고민거리라도 있나요, 유키 씨?"

"응, 조금."

유키는 점점 자연으로 차오르는 바깥 경치를 보며 말했다.

"2주일 넘게 내가 없어도 일이 돌아가는구나 생각하니까 좀 쓸쓸하네."

"워커홀릭 샐러리맨 같은 말씀을 하시네요."

코토리는 결국 쓴웃음을 짓고 말았다.

◇

두 시간 동안 전철에 몸을 싣고 주변에 건물이 드문드문한 역에 도착한 뒤 유키 일행은 버스에 올랐다.

참고로 이 버스가 올 때까지 한 시간 가까이 더 기다려야 했다.

유키는 새삼 자신의 고향이 시골이라는 사실을 절감했다.

평소 살고 있는 곳도 도시라고 하기 어렵지만, 그래도 시내버스가 적게 올 때조차 한 시간에 두 대는 온다.

아무튼 여기서 버스에 올라탄 뒤 산길을 올라간다.

거의 본 적 없는 풍경인지 코토리는 연식이 느껴지는 목조 가옥과 넓게 펼쳐진 밭, 무너짐 방지용 철망 등을 보며 감탄했다.

더 올라가자 눈이 보이기 시작했다.

그리고 한 시간 반 뒤.

버스는 드디어 유키의 고향에 도착했다.

……하지만.

"젠장…… 멀미 나서 죽는 줄 알았네……."

"괜찮으세요? 유키 씨."

그렇게 말하며 등을 만져주는 코토리.

사실 유키는 타는 것에 약하다.

같은 방향으로 직진하는 전철은 괜찮지만 커브나 브레이크가 있는 차를 타면 대체로 멀미를 느낀다.

버스가 산을 오르려면 비탈길을 나아가야 했기 때문에 유키에게는 지옥이었다. 멀미약을 먹고 오긴 했지만 단순한 위안에 지나지 않았다.

"의사가 되면 절대 멀미하지 않는 멀미약이라도 개발해야 하나……."

"좀 쉴까요?"

코토리가 물었다.

"아니야, 괜찮아. 좀 걷다 보면 금방 나을 거야. 게다가 밖은 추우니까."

올해는 별로 눈이 많이 안 쌓인 것 같지만 이 근처는 해발고도가 높아 금세 추워진다.

유키는 땅에 놓아두었던 2명 몫의 숙박용 짐이 담긴 가방을 손에 들고 걸어가려고 했는데…….

그 짐을 코토리가 대신 들어 올렸다.

"그럼 갈까요?"

"……아니, 정말 괜찮다니까. 내가 들게."

확실히 컨디션은 나쁘지만, 그래봤자 차멀미다.

무엇보다 요즘 같은 시대에 그다지 환영받는 사고방식은 아닐지도 모르지만, 여자아이에게 짐을 들게 한다는 것은 영 내키지 않았다.

하지만.

"유키 씨는 강하네요."

"뭐, 멀미 정도로 전혀 움직이지 못하는 사람은 아니지……."

"하지만 쉬는 걸 잘 못 하시는 것 같아요."

코토리는 분명한 어조로 그렇게 말했다.

"지금은 건강하고 기운이 넘치겠지만 노후가 되면 어떻게 하실 건가요? 어쩌면 유키 씨 쪽이 먼저 몸져누워서 간호를 받아야 하는 일이 생길지도 몰라요."

"뭐, 맞는 말이긴 한데."

"지금부터 힘들 땐 남에게 의지하는 연습을 해보죠."

그렇게 말하며 상냥하게 미소 짓는 코토리.

"……그럴까. 그럼 부탁할게."

"네."

정말 좋은 여자친구라는 것을 다시금 느끼면서 천천히 걷기 시작하는 유키.

코토리도 유키 뒤를 따라간다.

코토리는 2명 몫의 짐을 들고 있어 조금 움직이기 힘들어 보였지만, 불만스러운 기색 하나 내비치지 않고 바짝 옆에 붙어 걸었다.

"저기, 아까 얘기 말인데."

"네?"

"노후 이야기 말이야……그렇게 될 때까지 계속 함께 있어주는 걸 전제로 얘기해줬구나 싶어서."

"저기…… 네, 그렇죠……."

사그라들 정도로 작은 목소리로 얼굴을 붉히며 코토리가 대답했다.

'……너무 귀엽다니까, 내 여친은.'

절실히 그렇게 생각한 유키였다.

역에서 한참을 걸어가니 목조로 된 2층집이 보였다.

유키의 본가다.

마당은 차를 몇 대나 주차할 수 있을 정도로 넓었고, 그곳에 비치된 활어조 속 금붕어들은 훌륭하게 얼어붙어 있었다.

유키는 오랜만의 귀성길에 약간의 그리움을 느끼면서도 익숙한 동작으로 현관 초인종을 눌렀다.

"나 왔어."

당연히 이 집에는 방문객을 카메라로 비추는 기능 따위는 달려 있지 않았기에 큰 소리로 아들이 돌아왔음을 알렸다.

그러자 안에서 쿵쾅쿵쾅 정신없는 발소리가 들려왔다.

달칵! 하고 힘차게 현관문이 열렸다.

"어서 오렴, 유스케~."

허스키한 목소리로 유키 일행을 맞이해준 것은 유키의 어머니인 유키 아사코였다.

내추럴하게 뒤로 묶은 금발. 반듯한 눈썹과 눈매에 건강해 보이는 피부, 평소 농사일을 하고 있어서 체형도 무척 좋았다. 키는 평균보다 좀 큰 편이긴 하지만 손발이 길어서 그런지 실제보다 더 커보였다.

"여전히 건강해 보이네, 유스케."

"덕분에 말이지."

"응, 좋은 일이야. 다른 것보다도 건강한 게 제일이야. 건강만이 장점인 나의 유전자에 감사하도록 해!"

그러면서 와하하 웃고는 이쪽의 어깨를 탁탁 내려쳤다.

여전히 목소리가 크다.

한 해를 못 봤지만 아사코의 쓸데없이 넘치는 기운과 체력은 전혀 시들지 않은 듯했다.

"자, 어디 보자. 이 애가 네가 입에 침이 마르도록 칭찬했던 코토리 양이구나……."

아사코는 그렇게 말하더니 턱에 손을 얹고 차분히 코토리의 얼굴을 바라보았다.

"저기, 그……."

갑자기 몰아치는 높은 텐션에 코토리는 어떻게 해야 할

지 몰라 눈을 굴렸다.

"……."

아사코는 잠시 말없이 코토리를 보더니.

"……으음?"

목을 기울이며 그렇게 신음했다. 그리고 쓱쓱 소매로 자신의 눈가를 문지른 뒤 다시 코토리 쪽을 바라보았다.

"……이상하네. 완벽한 초절정 미소녀가 눈앞에 있어. 오늘 우리 아들은 여친을 데려온다고 했는데."

"잠깐, 무슨 의미야?"

"너, 무슨 마법이라도 부린 거니?"

"평범하게 사귀어 달라고 말한 것뿐이야!"

빌딩 옥상에서 뛰어내리려던 것을 도와주고 그날 바로 사귀어 달라고 했다는 말은 굳이 하지 말자.

"어머, 진짜? 허어어, 살다 보니 참 신기한 일도 다 있구나. 그런 건가? 전생 같은 거? 분명 전생에 나라를 구한 게 분명해, 너."

아사코는 진심을 담아 그렇게 말했다.

오타니 때도 그랬지만 유키가 코토리를 여자친구라고 소개하면 매번 놀란다.

뭐, 코토리는 확실히 굉장한 미소녀이긴 하지만 그렇게 놀랄 필요까진 없지 않나. 분명 다들 자신을 어지간히도 인기 없는 녀석이라고 생각하고 있었던 거겠지. 썩 유쾌

한 기분은 아니었다.

한편 코토리 쪽도 아사코를 보면 눈을 동그랗게 뜨고 있었다.

"어? 저기…… 유키 씨…… 아, 아니, 유스케 씨 어머님이시죠?"

"놀랐지?"

"네, 너무 어려 보이셔서요."

유키의 어머니는 엄청난 동안이었다.

그야말로 그녀에게 고등학교 2학년 아들이 있다고는 아무도 생각하지 못할 정도로.

"어머나, 이거 기쁜 소리를 해주는구나, 코토리. 참고로 몇 살 같아 보이니?"

"네? 으음."

갑자기 던져진 질문에 난처한 표정을 짓는 코토리.

"겉모습만 봐서는 정말 모르겠어요. 유키 씨가 지금 17살이니까…… 마흔 살 정도일까요?"

"땡~, 정답은 29살입니다."

"네?!"

"아니, 거짓말이야. 엄마는 이런 말도 안 되는 거짓말을 자주 해."

겉모습만 본다면 오히려 그보다 더 젊어 보이긴 했지만, 그렇게 되면 12살에 유키를 낳았다는 뜻이 된다.

적어도 일본에서는 범죄다.

"실제로는 34살이야."

"아, 그러셨군요…… 그래도 놀랍긴 하지만요."

"하하하! 고등학교 땐 수업이 장난 아니게 지루했거든. 유스케를 임신한 덕분에 중퇴할 수 있었으니까 오히려 행운이었지. 편차치도 30 정도밖에 안 나와서 어차피 대학도 못 갔을 거야!"

듣는 사람에 따라서는 꽤 슬플 수도 있는 과거를 그런 식으로 호쾌하게 웃어넘기는 아사코.

"……유스케 씨한테 이야기는 조금 들었는데, 대단하신 분이셨네요."

코토리는 기세에 압도당한 얼굴로 그렇게 말했다.

단순히 실망했다거나 하는 느낌이 아니었다. 코토리는 본래 조금 부정적으로 생각하는 것을 걱정하는 타입이다. 아사코처럼 긍정의 아이콘 같은 사람은 오히려 존경의 대상에 가까웠다.

"뭐, 이렇게 추운 날씨에 서서 이야기하는 것도 그러니까 어서들 들어와. 도시 소녀는 보기 힘든 코타츠도 있거든."

아사코는 그렇게 말하더니 다시 쿵쾅거리는 우렁찬 발소리를 내며 집 안으로 들어갔다.

◇

"······오오, 이게 코타츠인가요?"

거실로 들어선 코토리는 중앙에 자리 잡은 매립형 코타츠에 시선을 빼앗겼다.

"이것도 처음 보는 거야?"

"네, TV나 만화 같은 데서 본 적은 있지만요."

그렇게 말하며 물끄러미 코타츠를 관찰하는 코토리.

아까 아사코가 코토리를 '도시 소녀'라고 불렀을 땐 크게 와닿지 않았는데, 어쩌면 완전히 틀린 말은 아닐지도 모른다.

'생각해보면 프로 야구선수 딸로 초중고 모두 사립 여고에서 보낸 온실 속 아가씨인 셈이니까.'

적어도 이런 낡아빠진 시골 생활이라는 건 아마 처음 겪는 일투성이일 것이다.

"사양 말고 편하게 들어가도 돼."

유키가 그렇게 말하자 코토리가 이쪽을 보며 "괜찮아요?"라며 눈을 맞춰왔다.

그 모습에 유키가 고개를 끄덕였다.

그러자 코토리가 조심스럽게 코타츠 안에 발을 집어넣었다.

"흐아. 따뜻해요······."

조금 전까지만 해도 약간 긴장하고 있던 얼굴이 부드럽게 이완되었다.

"하하하, 코타츠로 그렇게 기뻐할 줄 알았으면 진작 데려올 걸 그랬네. 어디 그럼 나도……."

유키는 들고 있던 짐을 바닥에 내려두고 코토리의 오른쪽으로 가서 발을 넣었다.

"역시 몸이 좀 차가웠나 보네. 코타츠의 온기가 몸에 스며든다."

그런 말을 하면서 유키가 주위를 둘러보았다.

"그나저나…… 집 내부는 별로 달라진 게 없네."

집으로 들어간 유키를 맞이한 것은 현관의 알 수 없는 장식물과 경사가 심한 2층으로 이어지는 계단, 정체 모를 센스의 이상한 무늬가 들어간 보라색 카펫, 그리고 흙과 나무 냄새였다.

이곳이 바로 유키가 자란 집이다.

"……후우."

유키는 절로 숨을 크게 내쉬었다.

그러자.

"역시 본가는 안정감이 드나요?"

허리까지 코타츠에 몸을 넣은 코토리가 그렇게 물어왔다.

"그렇지. 뭐, 익숙한 곳이니까."

이 집에는 유키가 태어난 이후 고등학교에 진학하기 전까지 다양한 추억들이 담겨 있었다. 뭐, 아버지에 의해 야구 연습에 끌려간 추억이 대부분을 차지하긴 하지만…….

"좋은 일인 것 같아요. 돌아왔다고 생각되는 장소가 있다는 건요. 저는…… 제 집을 그다지 '그런 장소'라고 느끼진 못했거든요."

"……그렇구나. 그럴지도 모르겠네."

얼마 전까지 코토리가 지금은 교도소에 있는 시미즈와 살던 집.

어렸을 때 어머니도 함께 살던 그 집은 코토리에게는 아픈 기억이 깃든 곳이다.

"……나랑 코토리가 지금 살고 있는 아파트 말야."

유키는 문득 떠오른 것을 말했다.

"네."

"아니 그, 나중에 다른 곳에 살게 된다면 둘이 살던 그 장소가 코토리에게 '그런 장소'가 된다면 좋을 것 같아서."

"……."

코토리는 조금 놀란 얼굴로 입을 다물었다. 그리고 천천히 고개를 저었다.

"……이미 그렇게 됐어요."

코토리는 코타츠 안에서 손을 꺼내 테이블 위에 올려놓은 유키의 손을 잡았다.

"유키 씨가 있는 장소가 저에게는 바로 '그런 장소'예요……."

"코토리……."

손에서 전해지는 코토리의 체온은 코타츠의 온기보다도 훨씬 따뜻했다.

유키는 그 온기를 더 느끼듯 손을 맞잡았다.

"……."

"……."

그저 말없이 서로를 쳐다보는 두 사람.

사각형의 코타츠 옆에 나란히 앉아 있는 상태지만 거리는 쉽게 닿을 수 있을 정도로 가까웠다.

두 사람의 얼굴이 자연스레 가까워졌다.

유이가 사라지고 나서 둘이 함께 잔 날 이후, 가끔이지만 유키와 코토리는 키스를 하게 되었다.

타이밍은 달리 정해져 있지 않다.

둘이서 지내다 보면 자연스럽게 그런 분위기가 되는 것이다.

그리고 지금이 그때였다.

코토리가 눈을 감았다.

유키는 그런 코토리의 턱에 부드럽게 손을 얹고 입술을 가까이 가져갔다……

"짠~!! 이웃집에서 준 귤이야! 코타츠에 이게 빠지면 안 되지!!"

힘차게 미닫이문이 열리는 소리와 함께 아사코의 우렁 찬 목소리가 들려왔다.

움찔!

두 사람 다 화들짝 놀라 얼굴을 떨어뜨렸다.

"……어머? 어머머머?"

두 사람의 모습을 본 아사코가 말을 이었다.

"이거 내가 방해가 됐나 보네. 그럼 밖에 좀 나가 있을 까? 한 두어 시간 정도? 유토도 어차피 안 내려올 테니까 안심해도 돼."

아사코는 코타츠 위에 귤이 든 바구니를 놓았다.

찡긋!

그리고 윙크를 남기며 엄지를 척 올리더니 거실을 빠져 나갔다.

"잠깐! 아니, 아니. 안 그래도 되니까! 그보다 시간이 너 무 적나라하잖아!"

섬세함이 있는 건지 없는 건지 알 수 없는 어머니를 향 해 항의하는 유키.

반면 코토리는 귀 끝까지 빨갛게 변해 있었다.

◇

"······아사코 씨, 정말 나가버리셨네요."

코토리가 쓴웃음을 지으며 그렇게 말했다.

"그러게······. 미안해, 코토리. 쓸데없이 기운 넘치는 부모님이라."

정말 옛날부터 유키의 어머니는 변하지 않았다.

"아뇨, 너무 유쾌하신 분이라서 좋은걸요."

코토리는 정말 즐겁다는 얼굴로 그렇게 말했다.

"게다가 유키 씨를 닮았어요."

"어? 진짜? 겉모습? 성격?"

"양쪽일까요?"

"닮았나?"

솔직히 자주 들어본 말은 아니다.

뭐, 겉모습은 부모와 자식이니까 다소 비슷할 순 있겠지만 성격은 많이 다른 것 같은데.

코타츠로 몸을 데우며 그런 대화를 나누고 있는데.

딩동.

집의 초인종이 울리는 소리가 났다.

코토리는 자연스러운 동작으로 훌쩍 코타츠에서 빠져나와 몸을 일으키더니 현관으로 향했다.

"······음?"

그리고 잠시 후 유키가 반응했다.

"앗, 여기선 내가 나가는 게 맞는 거 아닌가?"

평소에는 미안하다고 생각하면서도 대부분의 손님 대응은 코토리에게 맡기고 있었다. 하지만 이곳은 유키의 본가다.

어쩌면 이웃일 수도 있는데 갑자기 모르는 여고생이 나오면 놀랄 것이다.

그래서 코타츠의 온기는 아쉬웠지만 유키도 일어나 현관으로 향했다.

일어났을 때 창밖으로 힐끗 보인 손님의 모습에 유키가 중얼거렸다.

"······아, 뭐야. 오사카였구나."

그것은 중학교 때까지 같은 학교에 다녔던 동급생 소녀의 이름이었다.

제1화　　유키의 소꿉친구

유키의 본가 앞에 한 소녀가 팔짱을 낀 채 당당하게 서 있었다.

"흥, 유키 녀석, 돌아왔는데 이 나한테 연락 한 통 하지 않다니."

교복 위로 스타일 좋은 퍼 코트를 걸친 이 소녀, 이름은 오사카 나오코라고 한다.

이 지역에서 유일한 고등학교인 현립 후지도 고등학교에 다니는 17세 소녀다.

키는 170센티미터. 스포츠로 단련된 다부진 몸과 햇볕에 그을린 피부, 허리 정도까지 내려오는 머리를 뒤로 묶고 있다.

강인해 보이는 눈매를 하고 있지만 얼굴 생김새는 꽤 단정하고 화장도 정성스럽게 했다. 미인이라고 해도 손색없을 만한 외모였다.

그런 오사카가 종업식이 끝나고 겨울 방학이 시작된 귀중한 오늘 이날, 왜 유키의 본가에 와 있느냐 하면…….

'후후후, 드디어 이때가 왔구나.'

오사카는 현관 앞에서 혼자 싱글벙글 웃었다.

무려 오사카는 유키를 좋아하고 있었다.

물론 이성으로서의 애정이었다.

'생각해 보면 중학교 3년간…… 육상 외길 인생을 사느라 여자로서의 자신감이 전혀 없어서 고백을 못 했지…….'

중학교 때의 오사카는 머리 스타일은 아버지에게 적당히 잘라 달라고 부탁한 숏컷, 말투는 완전히 남자애에 가까웠다.

당연히 메이크업 같은 걸 할 시간에 근육 트레이닝을 하고 있었다.

그 덕분인지는 몰라도 중학교 때 육상으로 전국 대회까지 갔었다. 하지만 중학교를 졸업함과 동시에 '여자로서 자신이 없으니까 고백을 못 했어요~'라는 생각이 너무나도 한심하게 느껴졌던 것이다.

패배자로 남고 싶지 않다는 생각이 마구 끓어올랐다.

그래서 오사카는 여성스러움을 갈고닦기로 결심했다.

오사카 나오코, 한다면 끝까지 하는 여자다.

현재는 스포티한 인상은 조금 남아 있지만 잘 손질된 긴 호두색 머리에 실력을 갈고닦은 내추럴 메이크업, 그리고 다른 여자아이를 흉내 내며 연구한 말투나 행동 등, 아직 투박하고 숨길 수 없는 강인함은 있어도 확실히 여성스러움이 느껴지고 있었다.

시대가 시대인만큼 여성스러움이나 남성스러움을 굳이 따질 필요는 없을지도 모르지만, 어쨌든 오사카 자신이 스스로를 '지고 있다'고 생각했으니 어쩔 수 없는 일이 었다.

그리고 1년…… 노력한 보람이 있는 것인지 현재 오사카는 학교에서도 꽤 인기가 있었다.

당연하다. 스스로도 당당하게 학교 제일의 미녀는 자신이라고 단언할 수 있을 수준이 되었다.

방금도 고등학교 종업식이 끝난 후 반의 남자에게 고백을 받았고, "너와 난 어울리지 않는다고 생각해"라는 말을 남기고 거절하고 온 참이었다.

그러나 오사카가 여자로서의 자신을 갈고닦은 계기가 된 남자는 그 시기 이미 고향에서 사라져 버렸던 것이다.

'모처럼 내가 훌륭한 여자가 됐는데 다른 현의 학교로 가버리다니…….'

애써 전투 능력을 높인 보람이 없지 않은가.

그런 생각을 하고 있는 와중 이틀 전 유키의 어머니인 아사코가 자신의 어머니에게 "우리 아들이 모레 돌아올 거야"라고 기쁜 얼굴과 큰 목소리로 말하는 것을 들었다.

그렇군.

드디어 때가 왔다.

……그런 이유로 이렇게 오사카 나오코는 유키네 집 현관 앞에 서 있는 것이었다.

"자, 간다."

오사카는 초인종을 눌렀다.

딩동, 오래된 초인종 특유의 잘 들리긴 하지만 조금 날카롭고 귀에 거슬리는 소리가 울려 퍼졌다.

집 안에서 통통 복도를 걷는 소리가 들려왔다.

'이 발소리…… 아사코 씨는 아니네…….'

아사코의 발소리는 더 쿵쿵 시끄럽고, 다른 한 명은 조금 더 느릿느릿 걷는다.

그렇다는 건…… 소거법으로 이미 돌아와 있을 유키겠지.

달칵.

열쇠가 열리는 소리가 났다.

자, 마음껏 보도록 해, 유키 유스케.

네가 중학교 시절 거들떠보지도 않았던…… 그보다는 여자로서 인식하지 못했던 여자의 레벨업 한 모습을!

그리고 한껏 당황하고 우물쭈물하면서 소심하게 사귀자고 말하는 거야.

드르륵 하고 문이 열렸다.

그리고.

"저기, 안녕하세요."

그 안에서 심상치 않은 귀여움을 가진 검은 롱헤어 하이퍼 소녀가 출현했다.

"?!"

오사카는 갑작스런 상황에 눈알이 튀어나오지 않을까 싶을 정도로 눈을 부릅떴다.

"코토리. 본가에 있는 동안은 누가 오면 내가 나갈게."

그렇게 말하고 안쪽에서 나온 것은 예상하고 있던 상대인 유스케였다.

"앗, 죄송해요, 유키 씨. 버릇이 든 것 같아요. 제가 나가지 않으면 어쩐지 마음이 놓이질 않아서."

"나도 코토리한테 전부 맡기는 버릇이 들어서 반응이 늦었어. 그쪽에 가서도 가끔은 직접 나가는 편이 낫겠다."

게다가 이 슈퍼 미녀와 유키가 다정하게 이야기하고 있지 않은가.

오사카 나오코가 가진 여자의 촉이 불길한 예감을 느꼈다.

"안녕, 오랜만이다, 오사카."

이쪽을 향해 가볍게 인사를 건네오는 유키에게 오사카가 물었다.

"저기…… 유스케, 이 아이는?"

"아아, 그러니까."

유키는 약간 수줍게 머리를 긁더니.

"내 여친이야."

"시미즈 코토리입니다. 잘 부탁드립니다."

그렇게 말하고는 여자인 오사카가 보기에도 자연스럽고 귀여운 움직임으로 꾸벅 인사하는 코토리.

"……."

오사카는 귀여움은 한 톨도 느껴지지 않는, 입을 떡 벌린 얼빠진 얼굴로 한동안 굳어 있었다.

유키와 오사카는 이른바 소꿉친구라고 하는 관계였다.

그렇다 해도 집이 근처라서 초, 중학교가 같은 학교였을 뿐 특별히 자주 만나거나 놀았던 것은 아니었기에 소꿉친구라고 말해도 될지 어떨지는 모르겠지만, 어쨌든 옛 지인 사이이다.

오사카가 처음부터 유키를 의식했느냐 묻는다면 전혀 그렇지 않았다.

원래 오사카는 지기 싫어하고 자존심이 강한 여자다.

공부도 운동도 어쨌든 정상급이 아니면 성에 차지 않는 성격인 것이다.

그래서 남들보다 더 치열한 노력을 하기 위해 애썼고, 연애 놀음에 관심을 둘 틈이 없었다.

오히려 시골 특유의 흔해빠진 연애 이야기에만 귀를 기울이는 동급생들을 경멸했을 정도였다.

그녀가 유키를 의식하게 된 이유는 야구에 임하는 그의 치열한 자세였다.

오사카와 유키가 다니던 학교의 학생들은 전체적으로 '적당히 즐기면서 지내다가 매년 정원 미달이 발생하고 있는 현지의 편차치 낮은 고등학교에 들어가면 된다'는 분위기였다.

그런 물러터진 태도가 오사카는 끔찍하게 싫었다.

이 녀석들은 인간의 가죽을 뒤집어쓴 게으른 시골 바보 원숭이들이다. 같은 수준이라고 받아들여지는 것조차 화가 났다.

하지만 유키 유스케는 그런 무리들과는 달랐다.

동아리 활동에는 들어가지 않아 학교에서는 모습을 잘 비추지 않았지만, 인근 운동장에서 클럽 팀 활동을 하거나 아버지와 자율 훈련을 하는 모습을 여러 번 봤다.

그리고 그의 연습 모습은…… 귀신도 울고 갈 정도라는 건 바로 이런 것이 아닐까 실감했다.

보고만 있어도 오싹 한기가 들 정도로 끊임없이 공을 던지고 연속으로 배트를 휘두르는 그 모습은 오사카조차 '나는 저 정도로 진지하게 노력하고 있는 건가?'라며 스스로를 부끄럽게 여기게 될 정도였다.

오사카는 그런 유키에게 친근감을 느꼈다.

아, 이 남자는 자신과 같은 인간이다.

흘러가는 대로 살지 않고 매 순간을 진지하게 살고 있다.

그런 유키가 학교 야구부의 도우미로 경기에 나간 적이 딱 한 번 있었다. 그렇게 처음 경기를 하는 유키를 봤을 때 그 마음은 연정으로 바뀌었다.

압도적인 실력으로 차례차례 타자를 잡아나가는 모습은 정말 근사했다.

모자를 벗고 소매로 땀을 닦는 모습조차 눈부셨다.

물론 공부에 관해서는 학력 수준이 낮은 시골 공립 중학교에서도 바닥을 치는 수준이었고 여자애들이 좋아할 만한 왕자님 같은 행동을 하는 것도 아니었기에 이성적인 면에서 인기는 전혀 없었지만, 오히려 오사카가 보기엔 그런 부분이 더 마음에 들었다.

이 녀석의 장점을 알아줄 수 있는 건 나뿐이야.

오히려 나만 있어서 좋아.

뭐, 그렇게 안심하고 있던 탓에 결국 졸업할 때까지 고백하지 못했지만……

그렇다고 해서 고등학교에 가서 환경이 변한다고 달라질 남자는 아니었다.

어차피 고등학교에서도 자신의 목표에만 관심을 두고 혼자 묵묵히 노력해 나가겠지.

'……그렇게 생각하고 있었는데.'

현재 오사카는 유키네 집 거실에서 유키와 유키의 여자 친구라고 하는 코토리와 함께 코타츠에 들어가 있었다.

"유키 씨도 드실래요?"

코토리가 귤껍질을 예쁘게 벗겨 유키에게 그렇게 물었다.

"고마워. 그럼 하나 먹을까."

"네, 여기요."

코토리는 그렇게 말하더니 귤을 한 조각 떼어 유키의 입가로 가져갔다.

"음…… 맛있다. 고마워."

"뭘요……. 아, 달고 맛있네요. 이거 유키 씨네 건가요?"

"아, 엄마가 취미로 기르시는 거야."

"……."

오사카는 입을 다물고 경직된 미소를 지었다.

뭐야, 이 녀석들. 왜 나는 자연스럽게 연인끼리 서로 먹여주는 모습을 보고 있는 거지……?

"음? 왜 그래, 오사카. 이상한 거라도 보는 표정이네."

"유키…… 너 여자친구가 생겼구나."

"맞아."

"그런 건 전혀 관심 없을 줄 알았는데."

"아니, 뭐랄까, 첫눈에 반했달까."

약간 얼굴을 붉히고, 하지만 기쁨을 숨기지 못한 채 싱글벙글 웃으며 그런 말을 하는 소꿉친구.

와아, 오글거려⋯⋯.

방금 실연당한 상대에게 눈앞에서 그 연애담을 듣는다는 것은 더할 나위 없는 굴욕이었다.

오사카는 눈썹을 찌푸리면서도 어떻게든 대화를 이어갔다.

"유키 씨가 말이죠, 만난 당일에 사귀어달라고 했었다니까요. 그땐 정말 놀랐는데."

"뭐어?"

저도 모르게 그런 소리를 지르는 오사카.

언제부터 그런 열정적인 인간이 된 거야, 너?

"잠깐, 코토리 그건⋯⋯."

"이 정도는 얘기해도 괜찮지 않을까요? 저는 너무 기쁜걸요. 평생 잊지 못할 정도로⋯⋯ 정말 기뻤어요."

"⋯⋯그래? 뭐, 그렇다면 다행이다. 나도 코토리가 바로 받아줬을 때 엄청 기뻤어."

"그렇군요⋯⋯."

"응⋯⋯."

"⋯⋯."

"⋯⋯."

또 서로 얼굴을 붉히며 입을 다물고 있는 유키와 코토리.

빠직, 오사카의 이마에 핏대가 솟았다.

"······갈래."

오사카는 그렇게 말하고 일어섰다.

유키가 놀라며 말했다.

"어, 벌써? 조금 더 천천히 있다 가도 되는데."

"시끄러워! 내가 간다고 하면 가는 거야!"

오사카가 카랑카랑한 목소리로 그렇게 말했다.

"······그래."

유키는 상대의 심기가 불편하다는 것을 눈치챘는지 더 이상 붙잡으려 하지 않았다.

"뭔가 불쾌하게 했어? 그렇다면 미안해."

평소엔 무신경한 주제에 이런 점을 잘 헤아려주는 부분도 짜증 났다.

"그럼 돌아가기 전에 한마디만 해도 될까? 말할 타이밍을 놓쳤거든."

"뭐야?"

"너 고등학생 된 뒤로 엄청 예뻐졌네. 깜짝 놀랐어."

"······."

오사카는 말없이 코타츠 위의 귤을 하나 집어들고는.

"흠!"

온 힘을 다해 유키의 안면에 내던졌다.

"으읍!"

"이 타이밍에 칭찬받는 건 더 열받아!"

"무슨 억지야!"

"흥이다!"

그리고 거실을 나와 현관으로 향해 신발을 신고 유키의 집을 나섰다.

"아아, 진짜! 짜증 나, 짜증 나, 짜증 나!"

오사카는 눈이 조금 쌓인 길을 쿵쾅쿵쾅 걸어가며 말했다.

"뭘 또 기뻐하는 거야, 난. 진짜 짜증 나!"

◇

그리고 그날 밤.

"자아, 모처럼 코토리가 놀러와 줬으니 오늘은 통 크게 전골이다!"

유키네 코타츠 위에 쿵 하고 커다란 냄비가 놓여졌다.

"코토리가 안 와도 평소에 늘 전골만 하잖아."

쓸데없이 흥이 넘치는 아사코에 비해 유키는 살짝 지긋지긋하다는 표정이었다.

아사코가 만드는 요리는 좋게 말하면 호쾌하고 나쁘게 말하면 조잡했다.

기본적으로 '많은 재료를 넣는다 → 조미료를 하나 넣는다 → 삶거나 굽는다'라는 심플한 공정을 통해 완성된다.

물론 완성물 자체는 맛있지만 어릴 때부터 일주일 동안 비슷한 전골 요리만 먹는 일도 흔했기에 어딜 봐도 특별함은 느껴지지 않았던 것이다.

코토리가 오기 전 유키의 식생활이 어설펐던 것도 이 부분과 관계된 것이 아닐까. 유키는 그렇게 스스로를 분석했다.

"어머, 무슨 소리니. 오늘은 보다시피 돼지고기가 들어갔잖아, 우리 집의 빈곤력을 얕보지 말라고."

"그건 뼈저리게 알고 있어."

"싫으면 안 먹어도 되거든~? 세일 제품이 아닌 고기는 내가 다 먹을 거네요~."

아사코가 입을 삐죽 내밀고 속재료가 담긴 접시를 자신의 옆구리에 끼웠다.

"아니, 싫다고는 안 했잖아."

"진정하세요, 유키…… 유스케 씨. 아사코 씨도 그 정도만 하시고 다 같이 사이좋게 먹어요."

코토리가 그런 말을 하면서 거실로 들어왔다.

그 손에는 주방에서 가져온 유난히 작은 접시가 들려 있었다.

"고마워, 코토리. 정말 예의 바르구나."

"아뇨, 저기. 대접만 받으면 더 불편해서요."

칭찬을 받은 코토리가 쑥스러운 얼굴로 그런 말을 했다.

"……저기, 나도 좀 도와줄."

"넌 가만히 있어. 접시가 깨지면 바꾸는 데 돈 들잖아."

"저기, 괜찮아요, 유스케 씨. 셋이면 오히려 움직이기도 힘들고요."

"……나는 무력하군."

유키는 가사에 무능하다.

특히 요리에 관해서는 컵라면 이외의 것을 만들기만 하면 어째서인지 몇 번에 한 번씩 접시를 깨뜨리고 마는 것이다.

"자, 그럼 시작할까요?"

아사코가 그렇게 말했다.

'음?'

그제야 유키는 알아차렸다.

"엄마, 유토는?"

"요즘 같이 먹기 싫어하는 것 같아."

코토리가 의아한 얼굴로 물었다.

"그러고 보니 아까도 이름이 나왔는데, 유토 씨가 누군 가요?"

"아, 남동생이야."

"어, 유키 씨 동생이 있었어요?"

놀란 듯 그런 말을 하는 코토리.

"어? 말 안 했었나? 유토, 두 살 아래라 지금 중학교 3학년이겠네."

유키가 몸을 일으켰다.

"방에 있지? 인사도 할 겸 말해보고 올게."

"아, 저도 갈게요. 아직 인사도 못 드렸으니까요."

◇

유키와 코토리는 현관으로 나와 나무 계단을 올라갔다.

옛 건물답게 배리어프리 따위는 조금도 없는 가파른 계단이지만, 오르는 것만으로도 상당한 근력을 소모하기 때문에 의외로 노화 예방 같은 것에 좋을지도 모른다.

계단을 올라가서 안쪽에 자리한 방, 오른쪽이 유키의 방이다.

그리고 맞은편 방이 동생 유토의 방이었다.

똑똑.

가볍게 노크를 한다.

"이봐, 유토. 나 왔어."

유키가 그렇게 말했지만 대답은 없다.

"자나. 나 들어간다~?"

말을 걸어도 대답이 없자 유키는 문을 열었다.

방의 불은 꺼져 있다.

그 안에서 덩그러니 스마트폰 액정 불빛만이 흔들리고 있었다.

그 빛이 비추고 있는 것은 이불 속에 둥글게 몸을 말고 누워서 스마트폰을 만지고 있는 한 소년이었다.

어둠 때문에 얼굴은 거의 보이지 않았지만, 이것이 유키의 동생 유키 유토.

"뭐야. 깨어있으면 대답 정도는 해줄 수 있잖아?"

유키가 그렇게 말하자 유토가 천천히 이쪽을 바라보았다.

"……."

잠깐의 침묵 후.

"……돌아왔구나, 형."

한마디만 했다.

"그래, 기적적으로 긴 연휴를 얻게 돼서 말야. 겨울 방학 땐 여기에 있을 예정이야."

"……그래."

그리고 유토의 시선이 코토리 쪽으로 향했다.

"아, 저는 시미즈 코토리예요. 유스케 씨와…… 저기, 사귀고 있어요."

그렇게 말하고는 꾸벅 고개를 숙이는 코토리.

"형…… 여자친구 생겼구나."

"뭐, 그렇지."

"그래…… 뭐, 아무래도 상관없어."

유토는 그것만 말하고는 다시 스마트폰 화면으로 시선을 돌린 채 손을 움직였다.

"저녁 다 됐어. 우리 집에서는 보기 드문 돼지고기 전골이다."

"지금은 배 별로 안 고파……."

"그래? ……뭐, 남겨둘 테니까 배고프면 먹으러 와."

유키는 거기까지만 말하고는 문을 닫았다.

후우 하고 문 앞에서 한숨을 내쉰다.

"여전한 건가……."

"동생분이 기운이 없네요."

"유토는 말이지, 등교 거부야."

"어, 그런가요?"

코토리가 놀란 얼굴로 그렇게 말했다.

요즘 시대에 등교 거부는 그렇게 드문 일도 아니었지만, 생각해보면 코토리는 그렇게나 힘든 상황에서도 학교는 쉬지 않았고 유키네 집에서 나가지 않고 지내는 동안에도 학교 공부는 꾸준히 하던 아이였다.

지나치게 성실한 성격 때문에 등교 거부라는 발상 자체를 하지 못한 것일지도 모른다.

"내가 고향을 떠나기 1년 전쯤인가…… 저 녀석이 중학교에 들어간 지 얼마 안 됐을 때. 무슨 일이 있었는지는 전혀 얘기를 안 해주는데, 갑자기 학교에 안 가기 시작했어. 저대로 괜찮을까 싶긴 한데, 그래도 뭐…… 너무 강요하고 싶진 않으니까."

"유키 씨는 그렇죠. 저 때도 아무 말 없이 받아 주셨으니까……. 아사코 씨는 뭐라고 하시던가요?"

"엄마는 '놔둬, 젊었을 때 실컷 방황하는 편이 나아. 여차하면 우리 농가를 이으면 되니까'라는 식으로 말하면서 그냥 놔두고 있어."

"……그것도 아사코 씨답네요."

"뭐, 이런 문제는 본인이 결심하기 전까지는 기다려주는 수밖에 없을 것 같아. 빨리 기운을 되찾아서 또 어렸을 때처럼 같이 캐치볼이라도 하고 싶은데 말야."

유키는 그렇게 말하고는 유토의 방을 뒤로하고 계단을 내려갔다.

코토리는 유키의 뒤를 따르면서도 힐끔힐끔 뒤를 돌아보았다.

어두운 방 안에서 홀로 웅크리고 있던 그 모습이 어딘가 옛날의 자신과 겹쳐 보였던 것이다.

◇

한편 같은 시각.

"아아, 진짜!"

오사카 나오코는 자신의 방에서 긴 악어 베개 인형(이름은 앨리게이밍)를 끌어안은 채 침대로 뛰어들었다.

천장을 올려다보며 오늘 있었던 일을 떠올렸다.

『언젠가 재회했을 때 자신의 매력으로 함락시킬 수 있을 거라 생각했던 남자에게 여자친구가 생겼다.』

요점은 그것이다.

게다가 성격도 엄청나게 좋아 보이는 초미인 여친이다.

뭐, 이런 일은 세상에는 흔히 있는 일이 아닌가. 그런 씁쓸한 경험을 극복하고 소년 소녀는 어른이 되어 가는 것이리라.

하지만.

"……어째서야. 왜 그 녀석에 관한 일만 이렇게 안 풀리는 거냐고."

오사카 나오코는 그동안 타고난 소질과 끊임없는 노력으로 온갖 일에서 성공을 거머쥔 인간이다.

스포츠도 공부도 지방 고등학교라고는 해도 줄곧 1등을 유지해왔다.

중학교 때는 전혀 없었던 여자로서의 매력도 1년 만에 탈바꿈해 학교에서 넘버원 미녀라는 말을 들을 정도로 완성했다.

자신이 원하고 노력하면 이룰 수 없는 것은 없었다.

그런데 연애에 관해서는 아무래도 잘 되지 않았다.

기회라면 얼마든지 있었을 텐데 놓치고 말았다.

"뭐, 무슨 생각을 하든 여자친구가 생긴 건 어쩔 수 없지……."

그런 말을 중얼거리는 와중.

'……아니, 아니지.'

그런 생각이 치밀었다. 이대로 물러나도 되는 거야?

아니지.

이 오사카 나오코, 그런 나약한 여자가 절대 아니다!

고작 그 코토리라고 하는, 여자가 보기에도 귀여운 여자가 먼저 유키와 사귀기 시작한 것뿐이지 않나.

뒤늦게 어프로치를 하면 안 된다는 규칙은 존재하지 않는다!

"……후우. 좋아!"

오사카는 침대에서 일어났다.

다음 날 아침.

오사카는 유키의 집으로 향했다.

그리고 현관 앞에서 홀로 정원 청소를 하던 코토리를

발견하고는 잘됐다 싶어 바로 말을 걸었다.

"저기, 할 얘기가 좀 있는데 따라와 줄 수 있을까?"

그렇게 말하며 코토리를 데리고 온 장소는 지금은 폐교된 인근 초등학교 공터였다.

여기라면 남의 눈에 띌 일은 없다.

"저, 그래서 할 이야기라는 게 뭔가요?"

유키의 여친…… 코토리는 조금 곤란한 얼굴로 그런 것을 물어왔다.

그 몸짓이나 목소리의 분위기 하나하나가 자연스럽고 사랑스러워서 괜히 더 열이 받았다.

"……너, 이렇게 아침 일찍부터 왜 남의 정원 청소를 하는 거야?"

일단 오사카는 그것을 먼저 물어보았다.

아사코에게 부탁받은 것일까?

아니면 남자친구 가족에게 점수를 따기 위함일까?

그런데 코토리는.

"그게, 평소 버릇대로 일찍 일어나버려서요. 마땅히 할 일이 없어서 심심하던 차에 자연스럽게…… 청소는 싫어하지 않거든요."

취미가 없어서 부끄럽네요, 하는 느낌으로 말하는 코토리.

아무리 봐도 본심을 감춘 느낌도 아니다.

"······그래?"

뭐야, 이 여자.

뭔가 좀, 여자로서 너무 완벽하지 않나?

이런 천연기념물 같은 성격 좋은 미인이 이 세상에 존재해도 되는 거야?

불쾌하네.

오사카는 그렇게 생각했다.

이쪽이 겨우겨우 몸에 익힌 여성스러운 행동을 당연하다는 듯이 몸에 지니고 있는 것이다.

덤으로 자신이 노리고 있던 남자와 사귀고 있기까지 하다. 이걸 불쾌한 게 아니면 뭐라고 할 수 있을까.

오사카는 희미하게 미소 지으며 성큼성큼 코토리에게 다가갔다.

"저어, 왜 그러시는지······."

당황하는 코토리를 벽 근처까지 몰아가서는.

쿵!

난폭하게 벽에 손을 짚고 얼굴을 가까이 대고 말했다.

"······너 있지. 유키랑 헤어져 줘."

놀라서 눈을 휘둥그레 뜨는 코토리.

"나는 예전부터 노리고 있었어, 그 녀석. 잠깐 눈을 뗀 사이에 가로채면 곤란해. 그 녀석도 너같이 어둡고 수수한 여자보단 나같이 스펙 좋고 밝고 최상위 등급인 여자

를 사귀는 편이 더 좋을 거라 생각해."

안 그래도 목소리가 다른 여자에 비해 조금 낮은 편인데, 평소보다도 톤을 낮추며 그렇게 말했다.

"……."

코토리는 말없이 시선을 아래로 떨궜다.

앞머리에 가려 보이지는 않지만 눈물이라도 글썽거리고 있겠지.

한 번 더 몰아세우기 위해 입을 열었다.

"응? 가만히 있지만 말고 말이라도 해봐."

"……싫어요, 라고 말하면 어쩔 거죠?"

"글쎄. 좀 험한 꼴을 보게 될지도?"

오사카는 그렇게 말하며 오른손을 치켜드는 동작을 했다.

마치 순정 만화 속 악역 같은 짓을 하고 있구나. 스스로도 그런 생각이 들었지만 이렇게 된 이상 수단이나 방법을 따질 여유는 없었다.

실제로 때릴 생각은 조금도 없었지만, 코토리가 지금 일을 신경 써서 둘의 관계가 어색해지면 끼어들 틈도 생길 것이다.

코토리는 고개를 숙인 채.

"……알겠습니다."

그렇게 중얼거렸다.

그다음 순간.

오사카의 시야가 갑자기 어두워졌다.

"?!"
무슨 일이 일어났는지는 금방 알아차렸다.
배 언저리가 갑자기 겨울의 바깥 공기에 노출됐다.
다시 말해 코토리가 오사카의 상의를 얼굴 위로 걷어 올려 시야를 가려버린 것이다.
심지어.
툭, 하고 가볍게 발을 휘둘렀다.
갑작스러운 시야 방해로 패닉에 빠진 오사카는 조금도 저항하지 못한 채 균형을 잃고 엉덩방아를 찧고 말았다.
"……큭."
오사카가 얼굴을 가리고 있던 웃옷을 내렸다.
검은 롱헤어의 연약해 보이는 소녀는 매끄러운 움직임으로 교사 벽에 걸쳐져 있던 콘크리트 벽돌을 양손으로 들어 올리고 있었다.
그리고 엉덩방아를 찧은 오사카를 향해 말했다.
"폭력은 좋지 않다고 생각해요. 우선 대화로 해결하지 않을래요?"
"그렇다면 그 콘크리트 벽돌 먼저 놓고 얘기해!"

"정당방위예요······ 물론 가벼운 농담이지만요."

코토리는 그렇게 말하며 콘크리트 벽돌을 땅에 내려놓았다.

"애초에 오사카 씨는 정말로 폭력을 행사할 생각도 없어 보였고요."

"어?"

"모르시나요? 정말 때리려는 사람은 눈빛이 더 차가운 걸요."

그렇게 말하며 고개를 갸우뚱하는 코토리.

"몰라! 오히려 넌 왜 그렇게 잘 아는데!"

뭐야, 얘. 무서워.

뭐냐고, 그 "상식 아닌가요?" 하는 듯한 태도는!

"하지만······ 제 대답은 변하지 않아요."

코토리는 평소와 같은 상냥하고 우아한 모습으로, 그러나 눈빛만은 똑바로 오사카 쪽을 바라보며 말했다.

"유키 씨와는 절대 헤어지지 않을 거예요. 저는 유키 씨를 사랑하니까요."

당당하게 그렇게 말해온다.

"······!"

오사카는 지금의 자신과 코토리의 상황을 객관적으로 파악하고는 이를 악물었다.

동요하게 하려고 학교 뒤편으로 불러냈음에도 불구하고

엉덩방아를 찧고 있는 것은 자신. 그리고 그런 자신을 내려다보며 망설임 없이 연인을 향한 사랑을 선언하는 소녀.

뭐야, 이게. 이러면 자신이 정말 패배자가 되는 것 아닌가.

아아, 정말!

왜 이렇게 안 풀리는 거야!

그 녀석이랑만 얽히면 하나부터 열까지 안 풀려!

그리고 이 여자도 지금까지 만난 여자 중에 제일 거슬려!

"……뭐냐고."

오사카가 울컥한 얼굴로 외쳤다.

"뭐냐고, 너희! 애초에 처음 만난 당일에 사귀었다며. 겨우 그 정도로 어떻게 사랑한다고 할 수 있는 거야!"

"……그건 아니라고 생각해요, 오사카 씨."

코토리는 천천히 고개를 저었다.

그리고 오사카 앞까지 천천히 다가가더니 몸을 숙여 눈높이를 맞춘다.

"사랑한다는 건 시간과는 상관없는 일이라고 생각해요."

그 목소리는 무척 부드러운 울림이었다.

"사랑이라는 건 갑자기 솟아나는 게 아니라 '이 사람을 사랑하자'고 결심하는 행위라고 생각하니까요."

상냥하지만 확신을 가진 당당한 목소리로.

"유키 씨와 만난 날, 저는 유키 씨의 상냥함과 호감을 받아 기뻤어요. 그래서 저는 '이 사람을 사랑하자'고 결정한 거죠. 그 마음이 끊어지지 않는 한 그 순간부터 사랑은 존재하는 거라고 생각해요."

마치 망설이는 친구를 부드럽게 타이르듯이.

"오사카 씨는 아까 '자신과 사귀는 게 더 낫다'라고 말했지만, 사랑은 비교할 수 없는 거예요. 그 생각은 머지않아 괴로움을 부를 뿐이에요."

그런 말을 해온다.

"저는 만일 유키 씨보다 돈도 많고 공부도 잘하고 잘생긴 사람이 나타난다 해도 그 사람을 사랑할 생각은 없어요. 제 의사로 그렇게 결정했으니까요. 유키 씨도 분명 같은 마음이실 거라 믿어요. 그게 사랑이라고 저는 생각하거든요."

마지막으로 빙긋, 그녀는 천사 같이 티 없는 미소를 지어 보였다.

"하지만 사실 유키 씨의 얼굴은 제 취향에 딱 맞아떨어지긴 해요. 멋있죠, 유키 씨."

"……."

오사카는 땅바닥에 주저앉은 채 입을 다물고 말았다.

'……이, 인간으로서의 완성도가 나랑은 천지 차이야.'

이 여자는 너무나도 완성된 인간이다.

대체 어떤 식으로 살아오면 자신보다 한 살 아래 나이에 이런 성숙한 정신을 가질 수 있는 걸까?

압도적인 패배감이 온몸을 짓눌렀다.

"으, 으⋯⋯."

"으?"

"으아아앙!"

오사카는 통곡했다.

마치 유치원생이 아닌가 싶을 정도로.

"네에?!"

놀라는 코토리.

오사카는 그 사이에 기어가듯 도망쳐 그 자리를 떠나버리고 말았다.

제2화

코토리와 유키의 동생

 오사카와 대화를 마친 코토리가 유키네로 돌아오자 유키가 현관 앞에서 스트레칭을 하고 있었다.

 "좋은 아침이에요, 유키 씨."

 "아, 좋은 아침, 코토리…… 보니까 아까 오사카 녀석이랑 어디 가는 것 같던데, 무슨 일 있었어?"

 "아, 그게."

 방금 있었던 일을 그대로 말하는 것은 코토리에게 약간 내키지 않았다.

 여자의 명예와 관련된 일이다.

 소꿉친구로서 계속 유키를 좋아해왔는데, 갑자기 나타난 자신이라는 인간에게 가로채이면 썩 유쾌한 기분은 아닐 것이다.

 "……여자들 사이의 비밀 이야기예요."

 "흐음."

 유키는 코토리가 그렇게 말하자 더 이상은 묻지 않으려는 것인지 '뭐, 괜찮겠지'라는 느낌으로 중얼거렸다.

 "유키 씨는 아침 운동인가요?"

 "응, 모처럼 날이 좋으니까. 아직은 좀 춥지만…… 아,

맞다."

유키는 그렇게 말하더니 주머니를 뒤적이며 코토리 쪽으로 걸어왔다.

"장갑도 안 끼고 춥지? 자, 핫팩 있으니까 써."

"네?"

그의 말대로 코토리의 손은 조금 전 차가운 콘크리트 벽돌까지 들어서 그런지 조금 붉어져 있었다.

"하지만 유키 씨, 이제부터 밖에서 운동하실 건데……."

"괜찮아, 괜찮아. 운동하고 있으면 따뜻해지니까…… 좋았어, 그럼 갔다 올게!"

유키는 그렇게 말하고는 집 앞의 길을 달리기 시작했다.

"……."

코토리는 그런 남자친구의 모습을 배웅하고는.

"……따뜻해."

건네받은 손난로의 온기를 느꼈다.

정말 유키 씨는 멋진 사람이구나.

진심으로 그렇게 생각했다.

자신과는 정반대로 활동적이고 밝고 건강하다.

확실히 오사카의 말대로 자신에게는 아까울 정도의 사람이다.

뭐, 물론 그렇다고 해서 아, 그렇습니까 하고 양보할 생각은 추호도 없지만.

"정반대라고 하니……."

문득 코토리는 어제 일을 떠올리며 집 2층 쪽으로 시선을 돌린다.

유키의 동생 유토는 아직도 저 어두컴컴한 방 안에 있는 것일까.

아사코나 유키는 유토를 다정하게 지켜봐 주는 느낌이었다. 물론 그 자체는 무척 훌륭한 일이었다.

하지만 아무래도 코토리는 신경이 쓰였다.

코토리는 아사코나 유키처럼 밝은 사람이 아니었다. 그렇다보니 어쩌면 같은 타입일지도 모르는 유토라면 오히려 누군가가 말을 걸어주었으면 하는 것이 아닐까, 그런 생각이 드는 것이다.

물론 다분히 쓸데없는 참견이 될 가능성도 있지만…….

"……부딪쳐봐야 알 수 있겠죠? 이럴 때는."

유이 때도 그것이 많은 일들의 계기가 되어주었다.

하지 않고 마음에 걸린 채로 놔두기보다는 하고 나서 후회하자.

자신의 남자친구라면 분명 그럴 것이다.

코토리는 집에 들어가 어제 남겨둔 전골을 데운 후 접

시에 떠서 조미료와 젓가락과 함께 쟁반 위에 올렸다.

그리고 흘리지 않도록 조심해서 계단을 올라가 똑똑 하고 유토의 방문을 두드렸다.

조금 기다리지만 대답이 없다.

다시 노크한다.

"……."

조금 기다렸지만 역시 대답은 없다.

"한 번만 더 해볼까요?"

그렇게 생각하고 똑, 하고 한번 문을 두드리자.

"……뭐야."

안에서 잠긴 목소리가 들려왔다.

원래부터 깨어 있었던 걸까, 아니면 끈질기게 노크한 탓에 깨 버린 걸까. 후자였다면 미안한 짓을 했다는 생각을 하며 코토리가 입을 열었다.

"어제 전골 남은 거 가져왔어요. 어젯밤부터 안 먹었으면 배가 고플 것 같아서요."

"……."

대답은 없었다.

다만 필요 없다는 말도 하지 않았다.

그럼 손을 내밀어 보자. 하지 않고 후회하기보다는 하고 나서 후회하는 거다.

"들어갈게요."

55

코토리는 그렇게 말하고 천천히 문을 열었다.

방 안에는 어제와 같은 자리에 같은 자세로 누워 있는 유토가 있었다.

"드세요."

코토리는 유토 앞에 쟁반을 두었다.

'……어제는 방 안이 어두워서 잘 보이지 않았는데.'

코토리는 방을 둘러보며 생각했다.

뭐랄까…… 유토의 방에는 생기가 없었다.

아마 계속 펼쳐두고 있었을 이불도 그렇고 거의 환기를 하지 않아 탁해진 공기, 먼지를 뒤집어 쓴 공부 책상까지.

정체되어 있다. 이 공간도, 이곳에 있는 사람도.

그런 느낌이 들었다.

"좀 추울지도 모르지만 창문 열게요."

코토리는 그렇게 말하더니 몸을 일으켜 커튼과 창문을 열었다.

아침의 따사로운 햇살과 찌를 듯 차갑지만 신선한 공기가 방안으로 들어왔다.

"……눈부셔."

코토리의 등 뒤에서 그런 소리가 들려왔다.

뒤돌아보니 유토가 느릿느릿 이불에서 기어 나와 전골을 먹고 있었다.

부스스하게 자란 머리에 가려져 있었지만 생김새는 확

실히 유키와 닮아 있었다. 동생이 약간 더 어두운 느낌이랄까, 신경질적인 눈빛을 하고 있다는 게 큰 차이점일까.

"어? 유토 씨 의외로 키가 크네요."

코토리는 전골을 우물우물 먹는 유토를 보며 그런 말을 했다.

책상다리를 한 채 등을 구부리고 앉아 있어 알기 어려웠지만, 키는 꽤 큰 편인 것 같았다.

적어도 형인 유키보다는 컸다.

"말라깽이라고 하지, 나 같은 애를."

내뱉듯이 그렇게 말하는 유토.

듣고 보니 확실히 손발은 여자처럼 가늘다. 단련하지 않아서 그런 것도 있겠지만 골격을 봤을 땐 전체적으로 날씬하다.

"형처럼 탄탄한 쪽이 더 멋있잖아, 어떻게 봐도."

"하긴 유키 씨는 저렇게 보여도 가슴 쪽 같은 곳이 의외로 두껍죠."

"……."

"……왜 그런가요?"

"형의 가슴 이야기를 참 생생하게도 하는구나 싶어서."

"네?! 아니…… 그게……."

당황하는 코토리.

"됐어. 사귀는 사이잖아. 당연히 그런 일도 하겠지."

"아, 안 했어요. 절대!"

아직 밤에 키스하거나 함께 잠드는 것뿐이다.

그야 물론 자면서 껴안고 있을 때 유키의 남자다운 두꺼운 가슴팍에 두근거렸던 것은 맞지만 맹세코 마음에 거리낄 만한 짓은 하지 않았다.

아, 그래도 들뜬 나머지 유키의 가슴팍에 얼굴을 부비적거린 적은 있었나……

"흐음. 그렇다고 치지, 뭐."

유토는 전혀 믿지 않는 눈으로 코토리 쪽을 바라보며 묵묵히 전골을 먹었다.

◇

"……후우."

텅 빈 그릇 위로 젓가락이 놓였다.

"다행이에요. 다 드셔서."

코토리는 웃으면서 그렇게 말했다.

전골을 끓인 것은 아사코였고 자신은 거들었을 뿐이지만, 눈앞에서 내놓은 것을 맛있게 먹어주는 것은 기쁜 일이다.

"저기, 그……."

식사를 마친 유토가 이쪽을 보고 뭔가 말하고 싶은 얼

굴을 하고 있었다.

"왜 그런가요?"

"아니, 저기…… 잘 먹었습니다. 맛있었어."

조금 쑥스러운 듯 유토가 그렇게 말했다.

'……유토 씨는.'

실례일지도 모르지만 코토리에게는 그것이 조금 의외였다.

코토리가 갖고 있던 히키코모리라는 이미지는 아버지가 보던 TV 다큐멘터리 프로그램을 보면서 생긴 것이다.

TV 속에 나온 것은 밥을 가져다준 부모에게 고맙다는 말 한마디 하지 않고 반대로 화를 내며 소리치는 느낌의 소년이었다.

그러나 이 소년은.

유토는 이렇게 감사의 말을 제대로 하고 있다.

더 말하자면 이렇게 아침 일찍부터 멋대로 방에 들어와서 커튼과 창문을 열었음에도 화도 내지 않았다.

요점은 고집스럽게 뒤틀린 성격을 가진 타입은 아니라는 것이다.

아니, 생각해 보면 아사코도 그렇고, 이야기로만 들은 유키의 아버지의 훈육 아래 그런 비뚤어진 성격을 갖기가 더 어려울지도 모르지만…….

'……그래서 더 신경이 쓰여요. 왜 그런 사람이 이렇게

방 밖으로 나오지 않게 된 걸까요?'

그런 식으로 고민을 이어가던 코토리.

그러다 문득 방 한구석에 눈길이 갔다.

그것은 모니터에 연결된 게임기였다.

유키의 집에 있는 것과 같은 것이다. 그리고 게임기 옆에 놓여 있는 게임 제목도 코토리가 즐겨 하는 격투 게임과 같았다.

"?! 유토 씨!"

"헉, 갑자기 왜 그렇게 눈을 반짝이는데?! 그러니까…… 형 여친분?"

"코토리예요! 그것보다도요!"

게임기 쪽을 처억! 하고 가리키며 묻는다.

"좀 뜬금없는 질문이긴 한데 여기 들어있는 건 저기 놓여 있는 소프트인가요?!"

"어, 응. 그렇긴 한데."

"혹시 유토 씨는 꽤 열심히 하고 있나요?!"

"어? 뭐, 나름대로는. 일단 온라인 대전은 하고 있으니까."

"……?!?!☆☆☆."

"뭐야, 그 엄청 해맑은 미소는?!"

"대전! 대전하죠! 지금 당장, 자요!"

코토리는 유토의 어깨를 잡더니 엄청난 기세로 붕붕 흔

들었다.

"아, 알았어! 알았다고! 그보다 코토리 씨 뭐야, 그런 캐릭터였어?!"

◇

그렇게 해서 그런 이유로 코토리와 유토는 대전형 격투 게임을 하게 된 것인데…….

"이, 이길 수가 없어…….."

코토리 옆에서 유토가 그런 말을 중얼거렸다.

"와아, 너무 즐거워요!"

벌써 4시간 넘게 싸우고 있지만 빠짐없이 코토리의 압승이었다.

"그야 그만큼이나 이기면 즐겁겠지…….."

"아, 아뇨, 그런 건 아니지만요."

이겼기 때문에 즐겁다는 이유도 물론 있었지만, 코토리가 즐겁다고 느낀 것은 '제대로 된 승부가 되고 있기 때문'이었다.

이 게임은 코토리도 상당히 좋아하는 게임이라 컨트롤러를 두세 개 부서뜨렸을 정도로 해왔던 것이다. 심지어 너무 많이 해서 요즘 시험 성적이 좀 떨어졌을 정도다.

그러는 바람에 유키나 오타니 같은 자신의 주위 사람들

은 거의 조금의 대미지도 입히지 못한 채 쓰러지고 만다.
물론 이기는 것은 즐겁지만 늘 일방적으로 이겨버리면 재
미도 반감되는 법.

그러나 유토는 역시나…… 라고 말해도 괜찮을진 모르
겠지만, 방 안에서 오래 지낸 만큼 게임 실력도 확실하게
있는 것 같았다. 제대로 이쪽의 공격에 합리적인 대응을
하려고 하고 빈틈을 보이면 강도 높은 공격을 먼저 걸어
왔다.

요점은 제대로 된 공방이 이뤄지고 있는 것이다.

그래서 코토리의 흥분도는 이루 말할 수 없을 정도로
치솟았다.

"자! 다시 해요!"

"아직도 하는 거야?!"

"그럼요! 아직 더 할 수 있어요."

유토가 내키지 않는 표정을 지었지만.

"……네, 네. 알았다고요."

그렇게 말하며 바닥에 놓여 있던 컨트롤러를 집어들
었다.

"아아, 게임에서조차 난 이기지 못하는구나……."

불현듯 유토가 그런 말을 중얼거렸다.

"아…… 저기, 죄송해요."

너무 기쁜 나머지 까맣게 잊고 있었는데, 유토로 치면

몇 시간이나 계속 지고 있으니 재미있을 리가 없다.

"다른 게임으로 할까요…….."

"됐어…… 딱히. 항상 있는 일이니까."

"항상?"

'항상 있다'는 것은 무슨 뜻인 걸까?

항상 이 게임에서 지고 있다는 말인가 싶었지만, 적어도 코토리가 싸워본 한 유키 일행에게 압승할 수 있을 정도의 강함은 있었다. 온라인 대전이라고 해도 적어도 계속 지지는 않았을 것이다.

"캐릭터 골라야 시작할 수 있어."

"아, 네. 죄송해요."

그런 생각을 하는 동안 유토는 다음 대전에서 사용할 캐릭터를 고르고 있었다.

코토리도 황급히 자신의 캐릭터를 선택하고 곧 배틀이 시작되었다.

"……."

"……."

그대로 잠시 말없이 화면 속 배틀에 집중하는 두 사람.

하지만.

"……형은 말야, 굉장하지?"

느닷없이 유토가 말을 꺼냈다.

"스포츠라든가 공부라든가…… 여러모로 다."

"네? 네. 저도 그렇게 생각해요. 노력가니까요, 유스케 씨는."

결코 특출난 재주는 없지만 한결같이 묵묵히 계속해 나가면서 결국은 할 수 있게 되는 그런 타입이다.

"그 노력할 수 있는 부분까지 포함해서 정말 대단해. 옛 날부터 쭉 저런 느낌이었거든……."

유토는 대전 화면을 본 채 말했다.

"난 형한테 뭐 하나 이긴 적이 없어……."

"……."

코토리는 유토의 말에 바로 대답할 수 없었다.

노력가이자 우수한 형을 향한 콤플렉스. 형제가 없는 코토리에게는 감이 오지 않는 감정이었다.

다만 그래도 의문이 든 것이 있어서 조금 망설이긴 했지만 솔직하게 물어보기로 했다.

"확실히 유스케 씨가 대단한 분이긴 하지만 딱히 유스케 씨와 비교할 필요는 없지 않을까요? 학교에 가면 얼마든지 다른 경쟁자도 있을 테고요."

형제는 어떻게 해도 서로를 강하게 의식하게 마련이다. 그것은 지식으로도 알 수 있다.

그러니 그렇게 생각할 수는 없는 걸까?

"……하하하, 모르는구나. 아아…… 뭐, 코토리 씨는 미인에다 머리도 좋아 보이고, 운동도 잘 못 하는 건 아닌 것 같네. 알 수 있을 리가 없나."

유토가 건조하게 웃었다.

"난 학교에서도 밑에서 세는 게 훨씬 빨랐어. 공부도 운동도…… 게다가 형처럼 거기서 악착같이 기어 올라가려고 하는 열의도 없었고. 코토리 씨도 아는 표현으로 쉽게 말하자면 '바닥'이라는 거야……. 그래, '바닥'……."

화면 속에서는 마침 코토리의 캐릭터가 유토의 캐릭터를 쓰러뜨리고 있었다.

또다시 유토의 패배였다.

하지만 유토는 억울한 기색 하나 보이지 않았다.

"응, 그러니까 아무래도 상관없어. 학교도…… 장래도…… 아무래도 좋아……."

자학적으로 웃으며 그런 말을 해온다.

"……유토 씨."

그런 유토를 보고 코토리는 생각했다.

그렇구나.

확실히 자신은 그의 마음을 이해하지 못했다.

자연스럽게 유키의 동생이라는 것만으로 '나름대로 우수한 인간'이라는 이미지를 가지고 말았다.

그러니까 형하고만 비교하지 않아도, 라는 식의 눈치 없는 발언이 나오고 만 것이다.

유토는 같은 세대와 비교해도 '뒤떨어지는' 아이였다.

뭘 해도 그랬던 거겠지.

그래서 이렇게 틀어박혀 버렸다. 모든 의욕이 사라져 버렸다.

"……그렇군요. 괴롭겠네요."

코토리의 그 말에 유토가 발끈한 표정을 지었다.

"아까도 말했잖아. 너 같은 사람이 뭘 안다고 그래?"

"죄송해요. 그저 희망을 가질 수 없게 된다는 건 너무 괴로운 일일 것 같아서요."

"……."

코토리의 말에 조금 놀란 듯 눈을 크게 뜨는 유토.

유토는 '아무래도 상관없다'는 식의 말을 여러 번 했다.

분명 그것은 '자신에게 기대를 할 수 없게 돼 버렸기' 때문이다.

처음에는 희망을 가지고 있더라도 몇 번이나 실패하는 경험만 쌓다 보면, 무엇을 하든 처음부터 스스로에게 기대를 가질 수 없게 되는 것이다.

그것은 정말이지 괴로운 일이라는 것을 코토리는 몸소 겪어 알고 있었다.

희망이 사라지면 사람은 절망한다.

자신이 어머니를 대신할 수 없다고 생각했을 때 코토리는 절망하여 그 몸을 던졌으니까.

"유토 씨……."

코토리는 컨트롤러를 바닥에 놓고 유토 쪽으로 돌아섰다.

"응? 왜?"

"저는 '아무래도 상관없지 않다'고 생각해요."

진지한 목소리로 그렇게 말한다.

"어?"

"저는 희망을 잃어버린 그 끝에 무엇이 있는지 본 적이 있어요. 유토 씨가 지금 떨어지고 있는 그 끝이 어떻게 되어 있는가를요."

"뭐야, 코토리 씨, 갑자기 진지해져서."

살짝 당황한 얼굴로 그런 말을 하는 유토.

그러나 코토리의 눈빛을 보고 진심으로 말하고 있다는 것을 깨달은 듯했다.

"······뭐가 있는데?"

"아무것도 없었어요."

코토리는 비 오던 날의 그 기분을 선명하게 떠올리며 분명한 어조로 단언했다.

"그거 아세요? 사람은 아무것도 없는 와중에 자신만 존재하게 되면 그 자신조차 없애버리고 싶어져요."

"······."

"그러니까······ 적어도 저는 유토 씨가 이대로도 좋다고는 생각하지 않아요."

코토리는 유토의 눈을 똑바로 바라보며 그렇게 말했다.

"……."

유토가 시선을 돌렸다.

"이대로는 안 된다고 해도…… 그럼 어쩌면 되는데?"

"글쎄요……."

코토리는 잠시 생각했다.

그러다가 방에 걸려 있는 시계가 눈에 들어왔다.

꽤 오래 게임을 했기 때문에 벌써 한낮이다.

"그럼 일단 방을 나가서 모두와 함께 점심을 먹죠."

"……어, 그게 다야?"

"네."

"아니, 그렇게 해도 뭔가 바뀌는 건 아니잖아……."

"바뀌어요. 방에서 나와서 평범한 생활다운 일을 할 수 있어요."

"그것뿐이잖아."

"어떤 큰일이라도 우선 작은 변화가 먼저예요."

코토리는 일어서더니 유토의 손을 잡았다.

"자, 갈까요, 유토 씨."

◇

코토리가 유토의 손을 이끌고 거실로 오자 마침 유키와 아사코가 점심인 야키소바를 먹으려던 참이었다.

"오, 코토리. 먼저 먹고 있었…… 는데."

유키가 돌아서서 이쪽을 바라보았다.

"……유토."

"……."

입을 다문 채 유키 쪽에서 고개를 돌리는 유토.

"후후…… 오늘은 점심을 같이 먹고 싶다고 하더라고요. 그죠, 유토 씨?"

유토가 고개를 끄덕였다.

"어머, 어머! 그럼 유토 것도 가져와야겠네!"

아사코는 대놓고 기쁜 듯이 그렇게 말하더니 코타츠에서 일어나 주방 쪽으로 걸어갔다.

"……."

"……."

그 자리에 남은 유키와 유토는 서로 침묵한 채 굳어 있었다.

"들어오세요, 유토 씨. 계속 서 있으면 감기 걸려요.

코토리는 그렇게 말하며 먼저 코타츠에 들어갔다.

"……아, 응."

유토는 그것을 따라 하듯 코타츠에 발을 넣었다.

"저기, 유토……."

유키가 입을 열었다.

"……왜, 형?"

"뭐냐, 그…… 생각보다 건강해 보이네."

"음…… 뭐. 형도 여전하네."

"……그렇지."

"…….”

"…….”

그리고 조금 전과 다름없이 그대로 유키도 유토도 입을 다물어 버린다.

'……굉장히 어색하네요.'

두 사람의 모습을 보고 약간 쓴웃음을 짓는 코토리.

유키는 유토를 무척 신경 쓰는 기색이었고 "또 같이 캐치볼을 하고 싶다"고 말하기도 했었다. 유토 역시 유키와 이야기하는 말투를 들어보면 복잡한 마음이긴 하지만 존경할 만한 형이라고 생각한다는 것이 전해졌다.

서로를 결코 미워하는 건 아닌데 아무래도 어색한 분위기.

'……뭐, 이것도 형제의 한 형태인 거겠죠?'

외동딸인 코토리는 그런 생각을 했다.

침묵 속 TV에서 코미디언이 크리스마스용 상품을 호들갑스럽게 떠들며 소개하는 소리만이 흘러나오고 있었다.

◇

점심을 다 먹은 후 유토는 다시 자기 방으로 돌아가려
고 했다.

오랜만에 방에서 나와 사람들과 대화하다 보니 피곤했
을지도 모른다.

'……하지만.'

코토리는 생각했다.

모처럼 방에서 나왔으니 조금만 더 노력해 봐도 되지
않을까?

라고.

"유토 씨."

계단을 오르는 유토를 불러 세웠다.

"이따 밖에서 산책하지 않을래요?"

"……아."

"대놓고 싫다는 표정이네요……."

"형이랑 가면 되잖아."

"유스케 씨는 잠시 후에 아사코 씨와 마을회관 자치회
행사를 도우러 간다고 하더라고요."

"……그래?"

"네."

사실 거짓말은 아니다.

유키와 아사코는 이후 자치회를 도우러 갈 예정이었다.

다만 원래 코토리도 유키를 따라갈 생각이었으나 지금

은 유토가 마음에 걸렸다.

코토리는 아직 거실에 있는 유키에게 눈빛을 보냈다.

"……."

유키는 말없이 고개를 끄덕였다.

그 눈빛이 "그럼 동생을 부탁해"라고 말해주고 있었다.

"뭐…… 그렇다면 상관없지만…… 초행길에 여자 혼자 있는 것도 위험할 테니까."

"후후, 감사합니다."

◇

코토리는 천천히 눈 쌓인 시골길을 걸어갔다.

"그건 그렇고 좋은 곳이네요. 경치도 좋고 공기도 좋고."

"아무것도 없는 것뿐이야."

몇 걸음 뒤를 걷던 유토가 그렇게 말했다.

"자연이 있잖아요."

코토리가 솔직하게 그렇게 말했다.

평소 살고 있는 곳도 결코 대도시는 아니지만 현내에서는 나름대로 발전한 곳이다.

자연은 있어도 이곳의 완벽한 대자연 같은 느낌과는 비교할 수 없을 것이다.

"하지만 도시처럼 많은 것들이 갖춰져 있어야 편리하고 놀 곳도 많잖아?"

"음, 저는 밖에 자주 놀러 다니질 않아서요……. 집에서 게임하는 경우가 대부분이고요."

"특이하네……. 형 여친은……."

"요즘 자주 들어요."

예전 여고에서는 거의 대화할 상대가 없었는데, 지금의 학교에서는 오타니나 요시다 등의 친구들에게 '특이하다'라는 말을 듣고 있다.

너는 너무 욕심이 없다고.

하기야 다른 또래 애들에 비하면 그런 것 같기는 했다.

다만 코토리는 오히려 가까운 곳에 자신보다 더 철저한 사람이 있다 보니 자신은 아직 멀었다는 생각마저 들었다. 최근에는 숙제를 해야 하는데도 게임에 시간을 빼앗기는 일도 자주 있으니…… 더 조심하자.

그런 생각을 하면서 걷고 있는데 어떤 물건이 눈에 띄었다.

공원에 설치되어 있는 벽치기용 벽이었다.

"와아, 이런 게 놓여 있다니 신기하네요."

현내 쪽에서는 안전을 위한다는 명목하에 공원의 놀이 기구는 코토리가 어릴 때에 비해 상당히 수가 줄어들었다.

구기용 벽 등은 공이 빗나가거나 하면 위험하기 때문에
사용하지 못하게 해둔 장소도 몇 군데 있었다.

"뭐야, 코토리 씨. 소프트볼 같은 거 했어?"

"……아뇨, 해본 적은 없지만 야구와는 인연이 좀 있어
서요. 아, 유키 씨와 캐치볼을 한 적은 있어요."

"흐음, 사이가 좋아서 다행이네……."

타인의 행복한 이야기 따위 관심 없다는 듯한 유토의
태도에 쓴웃음을 짓는 코토리.

"유토 씨도 유키 씨처럼 어렸을 때 아빠랑 했었나요?"

"어? 아…… 뭐."

유토는 머리를 조금 긁적였다.

"……조금은. 진짜 조금이지만. 아빠가 보는 앞에서 여
기 벽에다 공을 던진 적은 있어."

"와아."

의외였다.

아버지가 유키를 어떻게 키웠는지에 대해서는 들었기
때문에 분명 유토도 그와 마찬가지로 시달리던 시기가 있
었을 거라 생각했다.

그런 생각을 하며 공원에 들어가 보니 벽 쪽에 연식 야
구공이 떨어져 있었다.

누군가가 놓고 간 것일까?

"좀 빌릴게요."

코토리는 그것을 주워 벽 앞에 선 다음, 던졌다.

"에잇."

공은 천천히 포물선을 그리며 벽에 그려진 스트라이크 존의 과녁 한가운데에 명중했다.

몸을 굽혀 데굴데굴 굴러 돌아오는 공을 줍는 코토리.

"와, 스트라이크네요."

그렇게 말하고는 유토 쪽을 바라본다.

"……코토리 씨, 정말 안 해본 거 맞아?"

"네? 왜요?"

"아니, 던지는 동작이 너무 깔끔한데. 컨트롤도 좋고."

"그런가요? 전에 유키 씨한테도 듣긴 했어요."

"응, 그 실력으로 야구를 안 해봤다는 건 사기야."

"그렇군요……."

물론 어렸을 때 아버지가 경기를 하는 모습은 어머니와 함께 봤기 때문에 야구의 대략적인 움직임은 알고 있었다.

그리고 사실 코토리는 운동과 공부 중에 어느 쪽이냐 하면 운동을 더 잘하는 편이었다. 공부는 착한 아이가 되려면 잘해야 한다는 생각에 계속 하다 보니 지금 학교에서도 상위 성적을 받고 있지만, 사실 수업 이해도가 그렇게 높은 편은 아니었다.

유키도 인정한 것을 보면 아버지의 운동 신경이나 야구 센스를 물려받은 것인지도 모른다.

다만 아버지는 초등학교 때부터 학교에서 달리기나 구기, 수영까지 온갖 종목에서 1위를 독식한 데다, 육상부도 아닌데 중학교 때 용병으로 나와 단거리 달리기 전국 대회 3위를 했다며 실로 프로야구 선수다운 괴물 같은 에피소드를 반주와 함께 늘어놓았었다. 그걸 생각하면 또 100퍼센트 유전은 아닌 것 같지만…….

'기쁜 것 같기도 하고…… 복잡한 기분이네요…….'

이제는 큰 원망도 없고 빨리 나오기를 바라고 있지만 많은 생각이 드는 것도 사실이다.

"……."

유토가 이쪽을 보고 있다는 것을 깨달았다.

시선은 코토리가 들고 있는 공 쪽.

"아, 유토 씨도 던져볼래요?"

"어?"

"역시 옛날에 해봤던 사람은 공이나 배트 같은 거랑 비슷한 걸 손에 들게 되면 야구의 움직임을 무심코 취하게 되나 봐요. 유키 씨도 저번에 주방 국자를 들었을 때 자기도 모르게 휘두르더라고요."

그 모습이 사랑스러워서 웃어버린 것을 잘 기억하고 있다.

"자, 받으세요."

코토리가 공을 내밀자.

"……됐어."

유토는 그렇게 말하며 공에서 시선을 돌렸다.

"필요 없나요?"

"응. 딱히 야구를 좋아하는 것도 아니고……."

"그렇군요……."

그런 것치고는 아까 꽤 심오하게 공을 보고 있었던 것 같은데.

"유키 씨 동생이 어떻게 던지는지 보고 싶었는데 아쉽네요."

"그랬어?"

"네, 역시 형제끼리 닮지 않았을까 하고 개인적으로 궁금했거든요."

"……."

유토는 잠시 침묵하다가 이윽고 공을 집어 들었다.

"저기, 무리해서 할 필요는 없어요."

"던지는 정도는 괜찮아. 근데 잘하진 못해."

그렇게 말하더니 유토가 크게 팔을 휘둘렀다.

장신에 팔다리가 긴 만큼 박력이 느껴지긴 했지만…….

툭 하고 유토의 손에서 힘없이 날아간 공은 과녁을 꽤 벗어난 곳에 맞았다.

"……으음."

굉장히 느리고 컨트롤도 엉망이다. 자세도 휘두를 때까

지는 좋았지만 실제로 던졌을 땐 놀라울 만큼 어색하고 형편없었다.

"그러니까 말했잖아⋯⋯. 난 완전 못한다고. 그렇게 기대랑 다르다는 눈빛으로 보는 거 짜증 나."

"저기⋯⋯ 죄송해요."

"나는⋯⋯ 태어났을 때 심장에 병이 있었어."

유토는 엉뚱한 방향으로 굴러간 공을 주우며 말했다.

"아빠는 그래도 처음에는 '움직여서 체력을 늘리면 어떻게든 된다!' 같은 무식한 말을 하면서 연습을 시켜댔는데, 어느 날은 한번 연습하다가 내가 쓰러진 적이 있었어."

"네?! 괜찮았나요?!"

당황하는 코토리.

매번 밖으로 데리고 나와 심박수가 올라갈 위험이 있는 공 던지기 운동을 시켰다니.

"응, 병 자체는 수술해서 나았는데⋯⋯ 그 이후로 아빠는 더는 나한테 연습을 시키지 않게 됐어. 형이랑만 하루 종일 같이 연습했고. 뭐, 아빠도 날 보고 '이 녀석은 글러먹었다'라고 판단했던 거겠지."

"유토 씨⋯⋯."

"그런 얼굴 안 해도 돼. 덕분에 형처럼 하루 종일 야구만 안 해도 됐으니까. 자기 아빠한테 이런 말 하는 건 좀 그렇지만 그건 거의 학대였어, 학대. 나는 원하는 만큼 쉴 수 있었고 게임도 할 수 있었으니 행운이었지.”

유토는 손에 든 공을 보며 말했다.

“……정말로 행운이었어. 포기해줘서.”

희미하게 웃으며 그런 말을 하는 유토.

'정말 행운이라고 생각하는 사람은 그런 얼굴을 하지 않을 거라 생각해요…….'

코토리는 잠시 생각하더니 입을 열었다.

“저기, 유토 씨.”

“응?”

“심장은 정말 다 괜찮아진 건가요?”

“응. 중학교에 들어가기 전에 수술하고, 이제 완치됐어…… 아마.”

“그럼 잠깐 연습해보지 않을래요?”

“어?”

“지금이라면 운동을 많이 해도 괜찮은 거죠? 그렇다면 자, 스트라이크에 들어갈 때까지 던져보세요. 제가 보고 있을게요.”

“뭐어? 왜 그래야 하는데.”

“아마 유토 씨는 어중간할 때 연습을 중단해 버려서 잘 던지지 못하는 것뿐이라고 생각해요. 조금만 연습하면 분명 잘할 수 있을 거예요.”

코토리가 그렇게 말하자 유토가 못마땅한 어조로 말했다.

"못 해. 재능이 없다고…….."

코토리가 그 눈을 똑바로 쳐다보며 딱 잘라 말했다.

"저는 잘할 것 같아요."

"……."

"유토 씨는 연습하면 잘할 거예요."

"……."

한참 동안이나 코토리의 눈을 보고 굳어 있던 유토는.

"……알았어. 해볼게."

그렇게 말하고는 공을 들고 벽 앞에 섰다.

"힘내세요."

코토리는 웃는 얼굴로 그렇게 말했다.

그렇게 유토의 공 던지기 연습이 시작됐다.

역시 투구 폼이 어색했다.

당연히 공도 느리고 스트라이크 존에도 닿지 못했다.

애초에 야구는커녕 운동을 하는 것 자체가 오랜만인지 움직임이 전체적으로 뻣뻣했다.

오랜 히키코모리 생활이나 심장병이 있던 시절의 영향으로 마음껏 움직인 적이 거의 없는 탓에 금방 숨이 차올랐다.

10분이 지날 무렵에는 코토리가 보기에도 불안할 정도로 헉헉거리며 숨을 몰아쉬고 있었다.

"……괜찮으세요?"

걱정이 되어 말을 걸었다.

하지만.

"하아, 하아…… 안 돼, 역시 난…….

그렇게 말하려던 유토.

"……아니."

하지만 곧 작게 고개를 흔들었다.

"……조금만 더 해볼게."

"……그런가요?"

코토리는 가져온 수건으로 유토의 땀을 닦아주며 말했다.

"남자아이네요, 멋있어요."

"……뭐야, 그게."

유토는 약간 얼굴을 붉히며 다시 공 던지기를 시작했다.

그리고 거기서 한 시간이 더 지났다.

"하아…… 하아…….

유토는 숨이 턱까지 차 있었다.

서 있기만 해도 휘청거릴 정도였다.

이렇게나 던졌는데도 거의 스트라이크에 들어가지 않았다.

그러나 익숙해진 것일까. 아니면 옛 감각을 떠올린 것일까. 공 자체는 나름대로 빨라져 있었다.

"……한 번이면 돼, 좋은 공을 스트라이크로."

코토리는 그 모습을 말없이 바라보았다.

평소 운동을 하지 않는 사람이 한 시간씩이나 공을 던지면 힘든 것은 당연했다.

이대로 지금 당장 쓰러져도 이상하지 않았다.

하지만 코토리는 잠자코 그것을 바라보았다.

유토는 할 수 있다고 생각했으니까.

"……."

유토가 공을 던지려고 한쪽 다리를 들었을 때, 피로로 몸이 휘청거렸다.

쓰러질 뻔한 것을 간신히 버티며 발을 내딛었다.

그게 반대로 요행이었을까.

힘이 빠지면서 생긴 자연스러운 체중 이동 덕분에 손을 벗어난 공이 엉뚱한 방향으로 날아갔지만, 속도도 회전도 예전과 비교할 수 없을 정도로 좋았다.

"!"

유토는 무언가를 알아차린 듯 눈을 크게 뜨며 코토리 쪽을 바라보았다.

잠자코 고개를 끄덕이는 코토리.

유토는 서둘러 공을 줍더니 다시 한번 던졌다.

조금 전과 마찬가지로 잘 회전하는 빠른 공이 스트라이크존으로 빨려 들어갔다.

따악!

첫 번째 공과는 비교할 수 없을 정도로 강한 소리가 울려 퍼졌다.

"······됐어."

유토가 함박웃음을 지으며 코토리 쪽을 바라보았다.

"봤어?! 지금 그거!"

진심으로 기뻐하는 그 모습에 코토리까지 기뻐진다.

"네! 나이스볼이에요!"

엄지를 척 올린다.

"······그런가. 할 수 있구나, 나."

유토는 작게 그렇게 중얼거렸다.

그리고 다시 한번 코토리 쪽을 보더니.

"저기······ 고마워······."

시선은 마주치지 못한 채 머뭇머뭇 그런 말을 해온다.

"후후."

코토리는 입에 손을 대고 웃었다.

"열심히 한 건 유토 씨예요. 멋있었어요."

코토리가 유토의 머리를 쓰다듬었다.

키가 커서 힘들었지만 무심코 쓰다듬어주고 싶은 마음이 든 것이다.

"응······ 아주 잘했어요."

"······애도 아니고."

"일단 제가 연상인데요?"

"······."

유토는 그 손에서 도망치듯 머리를 피했다.

그 얼굴은 격렬한 운동을 해서 그런지 새빨갛게 달아올라 있었다.

◇

그리고 그날 밤.

"두 분은 아직 안 돌아오셨네요······."

코토리는 주방에서 된장국을 끓이며 그런 말을 중얼거렸다.

혹시 몰라 『아직 안 끝났나요?』라는 메시지를 유키에게 보내놨지만 아직 답장은 없었다.

하지만 유키도 코토리도 애초에 메시지를 자주 확인하는 습관은 없었기 때문에 늘 있는 일이었다.

그래서 냉장고에 있던 채소를 이용해서 일단 한 가지라도 저녁을 미리 해두기로 했다. 양념은 조금 진하게 해서 반찬으로도 먹을 수 있게 했다. 두 사람이 자치회에서 저녁을 먹고 오더라도 된장국이라면 어느 정도 보존할 수 있을 것이다.

"······음, 이 정도면 되겠네요. 맛있어요."

채소가 신선했기 때문에 특별히 공들이지 않아도 재료

본연의 맛이 우러나 깊은 맛이 났다.

유토는 '아무것도 없는 곳'이라고 했지만 역시 아주 멋진 곳이라는 생각이 들었다.

애초에 도시 특유의 혼잡함에는 그다지 익숙하지 않았다. 유키의 장래 희망은 의사가 부족한 지역에서 일하는 것인데, 이런 곳이라면 코토리도 대환영이다.

남은 야채를 냉장고에 다시 넣으려는데, 그곳에 붙은 달력에 문득 눈이 갔다.

"아, 그러고 보니 이제 곧 크리스마스군요……."

또래 여자들은 크리스마스에 특별함을 느끼는 경우가 많았지만, 코토리에게는 사실 큰 감흥이 없었다.

애초에 기념일에 크게 관심이 없는 것도 있고, 어머니가 좋은 집안 출신이라 크리스마스보다는 추석이나 설날을 더 중요시했기 때문에 기념일이라고 하면 그쪽의 인상이 더 강했다.

참고로 아버지는 야구로 바빠서 기념일을 챙길 새도 없었다. 그러다 보니 집에 돌아온 날이 곧 기념일이라는 듯 그가 돌아오는 날엔 가족끼리 외식을 하러 나가거나 선물을 사다주거나 했었다.

그래서 이런 부분에서도 코토리는 '특이'했다.

하지만 욕심이 아예 없느냐 하면 또 그렇지는 않다. 사실 기념일이든 기념일이 아니든 자신이 만든 음식을 눈앞에서 맛있게 먹어주는 걸 보고 만족하는 타입이다. 그것이 무엇보다 가장 기뻤다.

방에 틀어박힌 채 가족 일에 참여하지 않는 유토를 보면서도 태연한 얼굴로 매일 밥을 만드는 아사코를 보면 그저 '대단하다'라며 감탄하게 된다. 자신이었다면 슬퍼져서 만들고 싶지 않았을지도 모른다.

어쨌든 그런 이유로 오늘도 자신의 눈앞에서 유키나 아사코가 요리를 먹어주길 바라는 마음으로 두 사람을 기다릴 생각이었다.

"유토 씨에게 먼저 먹을지 물어보는 편이 좋겠네요."

가능하면 저녁도 가족끼리 함께 먹는다면 좋겠지만, 오늘은 여러모로 애썼으니 괜찮을 것 같았다. 게다가 그 나이 또래의 남자아이는 금방 배가 고프다는 말을 들은 적이 있다.

코토리가 냄비의 불을 끄고 손을 수건에 닦은 뒤 주방을 나와 2층으로 향하려고 했다.

그렇게 막 현관 앞으로 나온 참에.

드르륵, 하고 오래된 문이 열리는 소리가 났다.

"후우, 꽤 피곤하네. 어머, 다녀왔어. 코토리."

아사코와 유키가 돌아왔다.

"으음?"

아사코가 코를 킁킁거렸다.

"좋은 냄새가 나는데?"

"아, 멋대로 된장국을 좀 끓여뒀어요. 배고프시면 드세요."

"어머나, 세상에! 정말 눈치가 빠르다니까!"

아사코는 뺨에 양손을 얹고는 해맑은 미소를 지으며 그렇게 말했다.

"자치회 쪽에서는 차밖에 안 나와서 엄청 배고팠거든. 간단하게 한 가지 더 만들 테니까 얼른 먹자!"

아사코는 그렇게 말하더니 쿵쾅쿵쾅 주방 쪽으로 걸어갔다.

"기운이 넘치시네요……."

코토리는 순순히 감탄했다.

자기보다 스무 살쯤 연상인데 아이처럼 기뻐할 줄 안다.

저런 사람과 함께 있으면 매일이 즐거울 것 같다는 생각이 들었다.

"……늘 고마워, 코토리."

유키가 현관에 선 채 그렇게 말했다.

"유키 씨도 어서 오세요."

코토리가 그렇게 말하자 유키는 "응" 하고 고개를 끄덕였다.

"……음? 안 들어오시나요?"

코토리가 그렇게 물었다.

유키는 현관에 선 채 신발을 벗으려 하지 않고 있었다.

"응, 조금. 코토리…… 밥 먹고 나면 잠깐 같이 걷지 않을래? 오늘은 둘이 있는 시간이 많이 없었으니까."

◇

그리고 저녁 식사 후.

"대단하네요. 엄청 새까매서 별이 잘 보여요!"

코토리는 밖으로 나오자마자 별을 올려다보며 그런 말을 했다.

"이 근처에 도시 정도의 불빛은 없으니까…… 그보다 이게 그렇게 감탄할 정도의 일인가?"

"네, 너무 예쁜걸요."

태어난 것도 자란 것도 도시 쪽이었던 코토리에게는 별이 빛나는 하늘과 캄캄한 밤길이 신선했다.

처음으로 본, 인공 불빛에 가려지지 않는 진짜 밤은 언제까지고 볼 수 있을 정도로 다정하게 빛나고 있다.

하지만 보는 것에 너무 열중해버린 탓일까.

"앗……"

코토리는 눈 밑에 숨어 있던 얼음에 발이 미끄러지고 말았다.

"이런."

그리고 넘어지기 직전 든든한 팔에 안겼다.

동시에 땀이 조금 섞인, 안심이 되는 유키의 냄새가 났다.

"조심해. 어두워서 발밑이 잘 안 보이니까."

"……네, 감사해요."

갑자기 밀착하게 된 상황 덕분에 코토리는 조금 심장이 빨리 뛰는 것을 느끼며 그렇게 말했다.

어두워서 다행이다. 지금 얼굴이 빨개졌을지도.

코토리는 유키에게 몸을 떼고 자세를 바로잡았다.

"……."

유키는 말없이 자신의 오른손을 바라보았다.

"저기, 코토리는 아직 길이 익숙하지 않을 테니까 손잡고 걷지 않을래?"

"……네?"

"응. 그렇게 하자."

유키는 그렇게 말하더니 부드럽게 코토리의 손을 잡고 걷기 시작한다.

코토리도 뒤처지지 않도록 따라서 걷기 시작했다.

유키의 손은 따뜻했다.

평소처럼 투박하고 따뜻하고 큰 손이다.

두 사람은 손깍지를 껴서 단단히 손을 잡은 채 밤길을 걸어갔다.

"……."

손 같은 건 매일 밤 잡고 있는데, 새삼스레 민망한 기분이 들어 입을 다물어 버리는 코토리.

유키 쪽을 바라보았다.

"……."

유키도 어딘가 부끄러운 듯 입을 다물고 있었다.

어두워서 잘 보이지 않았지만 자신처럼 얼굴이 붉어진 것도 같았다.

그런 점은 무척 사랑스러웠다.

"……."

"……."

한동안 두 사람은 잡은 손에서 전해지는 행복을 느끼며 걷고 있었다.

어디를 향해 걷고 있는 건지, 아니면 목적지 같은 건 없이 마음 가는 대로 걷고 있는 건지. 코토리는 그런 것을 굳이 묻지 않았다.

밖은 추웠지만 언제까지고 이 평온한 행복이 이어졌으면 좋겠다고 생각했다.

그렇게 천천히 20분 정도 걸어갔을 때였다.

"아, 여기다."

유키가 그렇게 말하며 멈춰 섰다.

캄캄해서 잘 보이지 않았지만 조금 큰 시설이었다.

시설 앞에는 주차 공간과 작은 광장이 있었고, 한 그루의 나무가 서 있었다.

"우리 지역 마을 회관이야."

"아, 여기가 거긴가요?"

오늘 하루 유키와 아사코가 도와주러 갔던 곳이다.

"잠깐 여기서 기다려줄래?"

유키는 그렇게 말하더니 잡고 있던 손을 떼고 건물 쪽으로 걸어갔다.

"네? 네."

유키가 곁에서 떨어지자 갑자기 밤의 추위가 강해진 느낌이었다.

조금 전까지 잡고 있던 손의 온기가 사라지고 서서히 식어갔다.

"……아, 쓸쓸하다."

문득 그런 생각이 들었다.

물론 유키는 뭔가를 하러 잠시 마을회관 쪽으로 간 것뿐이지만, 그 잠깐이 무척이나 쓸쓸했다.

'평소엔 유스케 씨가 일이나 공부 때문에 늦게까지 돌아오지 않아도 괜찮았는데…….'

피부를 찌르는 듯한 산의 겨울 추위가 그렇게 만든 것일까.

'뭐랄까, 멘헤라……? 같네요…….'

지난번 오타니에게 들은 말로 지금의 자신을 표현해 보

았다.

"유스케 씨…… 빨리 돌아왔으면 좋겠다……."

그런 말을 중얼거렸을 때.

파앗, 하고 갑자기 주위가 밝아졌다.

"어?!"

코토리가 저도 모르게 소리를 질렀다.

마을회관 광장에 한 그루 서 있던 나무에 조명이 켜진 것이다.

형형색색의 라이트가 점등하며 밤을 밝게 비췄다.

그 가장 꼭대기에는 별 장식물이.

이건…….

"올해는 자치회에서 크리스마스 트리를 장식하기로 했다나 봐."

유키가 돌아왔다.

"그래서 회장님한테 잠깐 부탁해서 오늘 밤만 빌렸어."

그 손에는 열쇠가 들려 있었다. 마을회관 시설의 열쇠였다.

"왜요?"

"그야 물론 코토리랑 단둘이 보고 싶었으니까. 아직 이틀 빠르긴 하지만 빌릴 수 있는 게 오늘뿐이었거든."

그렇게 말한 유키는 주머니에서 포장된 작은 상자를 꺼냈다.

"메리 크리스마스, 코토리."

"……."

"크리스마스 선물이야. 사실 내용물은 코토리가 늘 사용하는 크림이긴 한데……."

"……."

코토리는 입을 벌린 채 선물을 받아들었다.

"아, 저기…… 너무 갑작스러웠나?"

유키가 뺨을 긁적이며 그런 말을 했다.

조금 전에는 보이지 않았지만 지금은 불빛에 비쳐 빨개진 뺨이 또렷하게 보였다.

"유스케 씨……."

이 사람은.

"응?"

"유스케 씨!"

"오, 오오. 왜?"

코토리는 와락! 하는 힘차게 유키를 껴안았다.

"잠깐, 코토리."

이 사람은…… 이 사람은 얼마나 멋진 사람인 걸까.

너무 좋아.

절대 놓지 않을 거다.

꼬오옥, 있는 힘을 다해 껴안았다.

"……마음에 들었다니 다행이다."

유키는 그것을 부드럽게 감싸주듯 받아들이며 마주 안았다.

자신보다 더 큰 몸이 포근하게 감겨왔다.

"좋아요……. 정말 좋아해요…… 정말…….."

"나도 그래. 앞으로도 잘 부탁해."

두 사람은 한동안 크리스마스 트리의 불빛을 받은 채 서로의 체온을 느꼈다.

제3화　　　유토와 유스케

다음 날.

이날은 크리스마스 이브였다.

TV나 도시 쪽에서는 커플이나 가족 단위의 사람들이 길이 붐비는 것도 개의치 않고 거룩한 밤을 즐기고 있었다.

크리스마스 판매 경쟁 같은 것과는 거리가 먼 이 지역에서도, 비교적 젊은 사람들이 크리스마스를 즐기는 중이었다.

그런 와중에.

유키의 동생 유토는 평소와 다름없이 자신의 방에서 게임을 하고 있었다.

하지만 평소와 다른 점이 한 가지.

무려 유토의 방에 여자가 놀러와 있었다. 그것도 미인이라고 해도 과언이 아닌 연상의 여자였다.

남자 유키 유토. 히키코모리였지만 할 때는 하는 인간이다.

……라고 말하고 싶지만 실제로는 그런 달달함이 묻어나는 이야기는 아니었다.

"진짜 말도 안 돼! 유키 녀석도 그 여자도 다 날 얕보는 거야!"

"오사카 씨, 굳이 불평하러 내 방까지 오는 짓 좀 그만 해주면 안 될까?"

그랬다. 방에 와 있는 여자는 오사카 나오코를 말하는 것이었다.

"거절할게. 너 같은 히키코모리가 나 같은 미녀와 같은 공간에 있을 수 있다는 것에 감사해."

"……불평할 친구가 없어서 그런 것 같은데."

"응? 뭐라고 했니?"

"아니, 아무것도 아니에요, 네."

어차피 무슨 말을 해도 소용없다.

애초에 거리가 가깝기도 해서 그녀는 유키에게 말을 걸기 위해 자주 집에 왔지만 긴장한 나머지 번번이 실패로 끝났다. 그런 오사카의 이야기를 유토가 대신 듣다 보니 어느새 이런 관계가 되어 있었다.

뭐, 유토 입장에서는 게임을 하는 시간 동안 듣고 있는 것뿐이니 크게 신경 쓰일 정도는 아니었지만 올 때마다 매번 한 시간 이상 푸념하는 건 좀 그만해줬으면 좋겠다.

오늘은 상당히 불만이 쌓인 것인지 벌써 3시간 넘게 불평이 이어지고 있었다.

오히려 잘도 그렇게나 많은 말이 나오는구나 싶어 반대

로 감탄이 나올 정도였다.

"그러고 보니 유키와 그 여자는 집에 없던데?"

"아, 두 사람은 오사카 씨가 오기 전에 사이좋게 손잡고 나갔어. 형이 코토리한테 이 근처를 안내해준다던데."

"그게 뭐야! 설마 크리스마스 데이트라도 한다는 거야?!"

"설마가 아니라 크리스마스 데이트가 맞겠지."

"아악! 뭘 보란 듯이 자랑해대는 거야, 나쁜 놈! 그러면 크리스마스 이브에 이런 히키코모리 아싸남한테 몇 시간씩 투덜대기만 한 나는 패배자 같잖아!"

"아니, 객관적으로 보면 오사카 씨는 훌륭하게 패배했다고 생각하는데…… 그보다 나에 관한 평가가 좀 심한 거 아냐?"

그야 뭐, 응, 틀린 말은 아니지만…….

"짜증 나! 짜증 나! 짜증 나! 애초에 왜 크리스마스 같은 걸 일본에서 축하하는 거야! 기독교인도 아닌 주제에! 기업 광고에 놀아나는 거 아니냐고! 바보 멍청이!"

"……잘도 그런 패배자의 본보기 같은 대사가 술술 튀어나오네."

"……후우."

한참 화를 내더니 곧 진정되었는지 오사카가 숨을 크게 내쉬었다.

"애초에 어떤 버그가 어떻게 걸리면 그런 초미소녀가

그 녀석이랑 사귈 수 있는 거냐고…….”

“뭐, 그 부분은 나도 엄청 놀랐어.”

유토는 어제 코토리가 머리를 쓰다듬어주었을 때의 일을 떠올렸다.

따뜻하고 부드럽고, 살짝 좋은 냄새가 났다.

“코토리 씨, 정말 예쁘고 좋은 사람이던데…….”

“…….”

“뭐야?”

오사카가 이쪽을 날카로운 눈빛으로 바라보았다.

“……뭐야, 그 여자한테 반하기라도 했어?”

“뭐?!”

오사카의 말을 듣고 순간 ‘두근두근’ 하고 심장이 뛰었다.

“그, 그런 일은…… 있긴, 한데…….”

의외로 솔직하게 자신의 마음이 말로 나왔다.

그래, 맞다.

얼굴을 마주치면 심장 박동이 빨라지고, 그 예쁜 머리나 부드러워 보이는 몸을 만져보고 싶었다. 아니, 아예 어제부터는 하루 종일 코토리만 생각하고 있었다.

오히려 자신 같은 히키코모리가 그런 미인에게 상냥한 대우를 받고 좋아하지 않는 게 더 이상했다.

“응…… 솔직히 말해 엄청나게 좋아하는 것 같아.”

“……그래?”

오사카는 무시하거나 비웃지 않고 눈을 조금 가늘게 뜬 채 그렇게 말했다.

"하지만 형의 여자친구니까…… 안 되겠지…….."

그랬다. 안타깝게도 좋아하게 된 그 사람은 이미 형의 여자친구였다.

시작하기 전부터 이 사랑은 이미 끝난 것이다.

"그러게……."

오사카도 동정하듯 그렇게 말했지만.

갑자기 딱 하고 움직임을 멈췄다.

"……응? 아니 잠깐만, 이건 혹시 기회 아닐까?"

"어? 기회?"

"유토!"

"어? 아, 네."

갑자기 양손으로 어깨를 잡고 정면에서 얼굴을 뚫어져라 쳐다본다.

솔직히 여자에게 익숙하지 않아서 크게 동요했다.

"알겠어? 잘 들어봐, 유토. 형의 여자친구니까 안 된다고 단언할 순 없어! 우연히 그 녀석이 먼저 사귀자고 한 것뿐이야. 네게도 권리는 있는 거라고!"

"그, 그건…… 확실히 그럴지도 모르지만."

"내 말 좀 들어봐, 유토. 그 마음에서 도망치면 안 돼. 똑바로 마주 보고 똑바로 나아가는 거야. 연애 같은 건 기세만 있으면 어떻게든 되는 법이니까."

"……그런가?"

"아니면 포기할 거야? 지금까지처럼, 공부나 운동이나 학교처럼 그 마음도 포기할 거냐고? 아아, 네 그 연정도 사실은 어떻게 돼도 그만인 딱 그 정도 수준이었구나."

그 말을 들은 순간 유토가 드물게 발끈했다.

"……아니야!"

유토가 힘있게 일어섰다.

본래 키가 큰 편인 유토가 드물게 화를 낸 탓일까. 그 기세에 눌린 오사카가 몸을 움찔 떨었다.

"난 누가 뭐래도 진심으로 코토리 씨를 좋아해, 어떻게 돼도 상관없는 감정이 아냐!"

"……흐음, 그럼 어떻게 할 건데?"

"그래, 해줄게. 해주고말고. 형한테서 코토리 씨를 쟁취하고 말겠어."

유토는 주먹을 불끈 쥐며 그렇게 말했다.

"……좋아. 이걸로 두 사람이 헤어져 준다면 나에게도 기회가."

"……응? 뭐라고 했어?"

"아, 아무것도 아니야."

◇

그리고 다음 날 아침.

"그렇게 됐으니 나랑 승부하자, 형!"

유토는 유키를 근처 운동장으로 불러냈다.

대전할 종목은 야구다.

서로 피처와 배터를 번갈아가며 세 번씩 진행해서 히트 시킨 수가 많은 쪽이 이기는 간단한 규칙이다.

형에게 야구로 도전하는 것이다. 유토로서는 정말이지 절실한 각오나 다름없었다.

반면에 그 형은.

"야아, 유토랑 야구를 하다니 오랜만이네."

기쁜 얼굴로 싱글벙글 웃으며 스트레칭을 하고 있었다.

"유스케 씨도 유토 씨도 힘내세요~."

코토리가 백네트 뒤에서 응원하고 있다.

오늘도 겨울바람에 결 좋은 검은 머리가 휘날리는 모습이 가련하고 사랑스러웠다.

아아, 좋아해. 역시 나는 코토리 씨가 좋아.

"저기, 승부하는 건 좋은데 핸디캡 같은 건 없어도 돼? 내가 너무 유리하잖아."

형이 그런 말을 해왔다.

유토가 발끈하여 유키 근처까지 다가갔다.

"……됐어. 그 대신 내가 이기면 갖고 싶은 게 있어."

"오, 뭐야? 그렇게 비싼 것만 아니라면 좋겠는데."

자신이 질 거라고는 조금도 생각하지 않는 형에게 유토가 말했다.

"그럼! 내가 이기면 코토리 씨를 줘!"

큰 소리로 그렇게 선언한다.

"네?!"

갑자기 자신의 이름이 나온 것에 놀라는 코토리.

"하하핫! 그렇다면 질 수 없겠네."

진심으로 임하지 않는 것인지, 아니면 그저 질 것 같지 않은 것인지 유키는 그렇게 말하며 웃었다.

'쳇, 얕보고 있겠다……. 반드시 이기겠어…….'

"좋아, 그럼 해볼까."

유키는 그렇게 말하더니 배트를 들고 오른쪽 타석으로 들어갔다.

"부탁할게, 오사카."

포수를 맡은 것은 오사카였다.

단단히 보호구를 착용하고 이미 준비 완료 상태. 본래 스포츠 만능인 만큼 자세도 안정적이었다.

"……그래. 잘 부탁해."

"좋아, 플레이볼이다. 언제든지 와라."

유키의 자세는 배트 헤드를 약간 홈 베이스 쪽으로 내민 채 평범하게 서 있는 느낌이었다.

"……후우."

유토가 마운드에 섰다.

'……나도 딱히 아무런 승산 없이 도전하는 건 아냐.'

아버지가 돌아가신 후 유키가 야구를 완전히 그만두었다는 것을 유토는 알고 있었다.

야구라는 것은 둥근 공을 둥근 배트를 사용해 고속으로 되받아친다는 성질상 프로 선수라도 3할을 칠 수 있으면 일류라고 할 정도로 매우 어려운 경기였다.

게다가 눈을 감은 채 휘두른 배트에 우연히 맞아서 굴러간 공이 레귤러 바운드로 히트를 치는 일도 드물지 않게 일어나는, 운이 강하게 작용하는 경기이기도 했다.

그래서 이 삼세판 승부와 같은 단기 결선 룰이라면 실력 차가 있어도 어느 정도는 승산이 있는 것이다.

단, '자신의 공이 스트라이크에 들어간다'는 전제가 필요했다.

전부 볼이 되어 배트를 휘두를 필요가 없다면 100퍼센트 볼넷으로 나가버린다. 스트라이크존이라는 좁은 범위를 향해 18미터 이상 떨어진 마운드에서 공을 넣는 것은 경험자가 아닌 이상 상당히 어렵다.

그래서 이 규칙으로도 정말 아마추어가 이기기란 사실상 불가능에 가깝다.

하지만.

'난 이미 맞출 수 있다고. 스트라이크!'

그랬다. 얼마 전 코토리 덕분에 스트라이크에 넣을 수 있는 요령을 터득했다.

게다가 신장도 자라 몸도 커지고 손발도 길어진 만큼 공의 속도도 어릴 때와는 비교가 되지 않았다.

'간다.'

크게 휘둘렀다.

쓰러지듯 중심을 이동하여 자신의 몸에 팔을 최대한 붙이고.

……던진다!

'……좋아, 좋은 공이야!'

공을 놓는 순간 유토는 확실한 반응을 느꼈다.

그 감촉 그대로 유토의 손에서 나간 공은 깔끔하게 회전하여 스트라이크존 한가운데, 다소 낮게 자리한 오사카의 미트로 빨려 들어갔고——.

까앙!

금속성의 날카로운 소리가 울려 퍼졌다.

"엑?!"

공은 총알 같은 기세로 유토의 왼쪽으로 날아가더니 퍼억! 펜스에 노바운드로 강하게 직격했다.

"야아, 유토. 언제 공이 그렇게 빨라진 거야? 당겨치려고 했는데 좀 늦어버렸네."

유키가 동생의 성장을 기뻐하듯이, 정말로 크게 기뻐하며 그렇게 말했다.

'……미, 밀어치기로 펜스 직격 직선타라니……'

그렇게 넓은 운동장도 아니고 금속 배트를 사용한다고는 해도 평범하게 할 수 있는 일은 아니었다. 게다가 1구째부터…….

"혀, 형, 몇 년 동안 야구 안 했잖아……."

"그렇긴 한데 아르바이트로 열심히 일하고 있으니까. 봐, 팔 같은 건 야구할 때보다 훨씬 굵어졌어."

그렇게 말하더니 팔을 걷어붙여서 보여준다. 확실히 그 팔은 멀리서 봐도 알 수 있을 정도로 굵었다.

아니, 물론 배팅에선 팔뚝의 힘이 무척 중요하긴 하지만 그런 차원의 문제가 아니었다.

"역시 몇 번이나 반복해온 일은 그렇게 쉽게 잊히지는 않는구나."

유키는 배트를 빙글빙글 돌리면서 곱씹듯 그런 말을 중얼거렸다.

"좋아, 일단 1판 선점. 공수 교대네."

"……아, 으응."

유토는 유키에게 배트를 받고 유키에게 글러브와 공을 건네주었다.

'……그렇겠지. 알고 있었잖아.'

유토는 타석에 들어서며 새삼스럽게 떠올렸다.

'확실히 형은 최근 몇 년간 야구를 전혀 하지 않았어. 하지만…… 그전에는 그 몇 배나 계속 야구를 해왔잖아.'

유토 본인이 그것을 가장 가까이서 봐오지 않았던가.

자신이 게임하고 노는 동안에도, 일이 잘 풀리지 않아 한심하게 고민하는 동안에도 유키는 하염없이 아버지와 배트를 휘두르며 공을 던지고 있었다.

그러니까 확실히 옛날에 비해서는 떨어졌다 해도.

"좋았어, 간다, 유토!"

유키가 자연스러운 움직임으로 투구 모션에 들어갔다.

그리고.

"으앗!"

슈욱!

공기를 가르는 소리와 함께 인코스 높이의 아슬아슬한 스트라이크존을 향해 대단한 기세로 공이 날아왔다.

너무 강한 기세에 오사카가 미처 잡지 못한 공이 미트에 튕겨 나가 백네트에 탁 꽂혔다.

"지금 건 아슬아슬하게 스트라이크지? 야아, 좋은 곳에 들어갔네. 원 스트라이크!"

유키는 역시 즐거운 얼굴로 그렇게 말했다.

……그렇다.

지금의 유키는 아마 옛날에 비해 실력이 떨어졌을 것

이다.

하지만…… 그래도…….

'그래도…… 나 같은 것보단 훨씬 더 위야…….'

◇

"……하아, 하아, 하아."

유토가 운동장에 벌러덩 누웠다.

숨 쉬기가 괴로웠다.

어떻게든 해보려고 했는데 소용없었다.

삼세판 승부는 당연히 유키의 승리였다.

유토는 재전을 요구하며 총 다섯 차례 똑같은 삼세판 승부를 벌였지만 전혀 상대가 되질 않았다.

유키가 던진 공에 유토의 배트는 스치지도 못했다.

유토의 공은 유키에 의해 빠짐없이 배트를 맞고 날아갔다. 가끔가다 잘못 치기도 했으니 그것은 어쩌면 유키가 무뎌졌다는 증거일지도 모른다.

하지만 유키의 공을 단 한 번 스치는 것조차 못해서야 아무런 의미가 없었다.

마지막으로 던져진 유키의 공을 되는대로 휘두르다 전혀 다른 곳을 휘둘러 그대로 한바퀴 돌아 쓰러진 것이 지금 유토의 상황이었다.

"오, 나이스 스윙! 아주 과감했어."

유키는 기쁜 얼굴로 유토의 헛스윙을 칭찬한다.

심지어 호흡은 조금도 흐트러지지 않았다.

유키는 다가와서 이쪽의 얼굴을 위에서 들여다보았다.

"야아, 역시 오랜만에 하니까 즐겁네. 조금 더 할까?"

"……."

"유토?"

"……아니야. 이제 됐어."

"그런가. 아무튼 정말 즐거웠어. 유토만 좋다면 또 하자."

유키는 그렇게 말하고는 운동장을 나선다.

"저…… 유토 씨. 괜찮으세요? 다친 곳은."

철망 밖에서 코토리가 걱정스러운 얼굴로 물어왔다.

"……괜찮아요. 피곤해진 것뿐이니까요."

"그렇군요. 그렇다면 다행이에요."

코토리는 그렇게 말하고는 유키의 뒤를 따라 둘이 함께 운동장을 떠났다.

"……."

남겨진 유토는 벌러덩 누운 채 하늘을 올려다보았다.

"……꼴사납긴."

마스크를 쓴 오사카가 위에서 그의 얼굴을 들여다보았다.

"그보다 유키 녀석에게 야구로 도전할 줄은 몰랐어. 처음부터 말도 안 되는 승부였다고."

"……맞아. 사실은 알고 있었어."

유토는 똑바로 누운 채 말했다.

"내가 형을 이길 수 있는 부분은 하나도 없어……. 코토리 씨가 형보다 나를 더 좋아할 이유가 없어……."

"뭐, 정말 맞는 말이긴 하네."

오사카가 조금의 고민도 없이 긍정했다.

"그래서……어떻게 할 거야?"

"……어떻게 해보고 말고, 할 수 있는 게 아무것도 없잖아."

"억울하지 않아?"

"딱히…… 사실은 처음부터 알고 있던 일이니까……."

오사카는 미간을 찌푸리며 말했다.

"그게 뭐야…… 정말로 패배자구나, 너. 아니, 부채질한 건 나였지…… 미안했네."

그렇게 말하고는 오사카도 그 자리를 떠났다.

"……."

홀로 남겨진 유토는 다시 하늘을 올려다보았다.

조금 전까지만 해도 맑았지만 조금 흐려지기 시작했다.

기온도 낮으니 오늘은 눈이 올지도 모르겠다.

◇

뾰뾰. 방에 스마트폰 게임을 누르는 전자음이 흐른다.

밤. 밖은 눈이 온다.

아주 멋진 화이트 크리스마스다.

그런 와중 어두컴컴한 방에서 유토는 이불 속에 누워 게임을 하고 있었다.

게임 자체가 즐겁기 때문에 하는 것이 아니었다. 게임을 하면 잡생각을 하지 않을 수 있으니 현실 도피를 위해 하고 있는 것뿐이다.

형을 이길 수 없는 것도, 좋아하는 사람의 마음을 돌리지 못하는 것도, 아무런 장점이 없는 것도, 학교에 가지 못하는 것도, 이대로 가면 변변치 못한 장래뿐이라는 것도, 나아가 어제 오늘 운동한 탓에 미친듯이 욱신거리는 근육통도……

전부 생각하지 않아도 된다.

'……계속, 계속, 이렇게 있을 수 있다면 좋을 텐데.'

그렇게 스마트폰 게임을 누르는 소리가 흘러나왔다.

그저 흘러나온다.

이대로도 좋아. 이대로. 이대로 계속.

그러다 문득 모니터 앞에 놓인 거치형 게임기를 보고 떠올랐다.

'아아, 그러고 보니 게임에서도 코토리 씨에게 졌구나.'

"……윽."

그것을 떠올린 순간 게임하는 것조차 싫증이 나서 앱을 꺼버렸다.

되는대로 핸드폰을 내던지고 이불 위에 벌러덩 드러누웠다.

눈에 비친 것은 세월이 느껴지는 천장과 거기에 매달려 있는 전등끈.

딱 그뿐인, 아무 재미도 없는 평소의 경치였다.

"……."

조금 전까지의 게임 소리 대신 똑딱똑딱 하는 희미한 시계 소리만 울려 퍼졌다.

유토는 그저 천장을 바라보았다.

그대로 시간은 흐른다.

유토가 아무것도 하지 않아도 시계는 똑딱똑딱 소리를 내며 시간은 흘러간다.

자신을 남겨두고 시간은 무자비하게 나아간다.

앞으로도, 그 후에도.

……그리고.

"……억울해."

유토의 입에서 저도 모르게 그런 말이 새어 나왔다.

◇

제일 먼저 기억난 건 여섯 살 때.

드디어 유토도 본격적으로 야구를 시작하기로 한 날이었다.

어머니가 지켜보는 가운데 아버지와 연습을 했다. 형도 마찬가지였다.

"우선은 마음껏 던져봐라, 유토!"

큰 목소리로 외치는 아버지의 그 말에 벽을 향해 공을 던졌다.

한참을 던지다 보자 피로가 쌓여 숨이 차올랐다. 하지만 이 아버지는 당연히 그 정도로 순순히 놔줄 리가 없었다.

"더. 일단 양이 중요해. 자, 던져라. 팍팍 던져!"

"……하아, 하아."

숨이 가빠왔다.

그래도 집어던졌다.

그리고…….

그 일은 갑자기 일어났다.

꽈악, 하고 심장이 조여오듯 아프기 시작했다.

"으."

그 자리에 웅크리는 유토.

황급히 달려오는 부모님.

그대로 구급차에 실려갔다. 병원에서 선천성 심장병이 발견되었다.

그 후, 가족들이 유토를 대하는 태도가 달라졌다.

"유스케! 연습 가자!"

아버지가 형을 연습에 데리고 갔다.

"뭐냐고, 진짜 짜증 나게. TV 보는 중인데……."

그렇게 말하며 마지못해 준비를 하는 형.

"……아빠."

"응? 아…… 유토구나. 그래, 무리는 하지 마라."

"……응."

"어이! 언제까지 준비하고 있을 거야, 유스케!"

"신발 끈 묶잖아! 자꾸 소리 지르지 마!"

"……."

유토는 반쯤 싸우듯이 서로 티격태격하며 연습을 하러 가는 두 사람을 배웅했다.

자신은 운동을 할 수 없다. 뭐, 하지만 운동 같은 건 해 봐야 딱히 장래에 도움이 되진 않을 것이다.

그렇게 생각했는데.

"평균 이하……."

중학교 첫 시험 성적은 밑에서 세는 편이 훨씬 빠를 정도였다.

"으아, 공부를 하나도 못해서 평균 점수 정도밖에 안 나왔어."

동급생의 그런 목소리가 들려왔다.

"……뭐, 그래도 형보다는 낮지만."

야구밖에 하지 않았던 형의 성적은 참담했다. 아무리 낮아도 형에게 질 것 같지는 않았다.

……하지만.

"어? 형, 사립 특대 B판정이었어?"

중학교 2학년, 아버지가 돌아가시고 야구를 그만둔 뒤 공부를 시작한 형은 마치 딴사람처럼 전혀 다른 성적을 냈다.

"그래, 아마 내가 제일 많이 공부했을 테니까."

형은 당연하다는 듯이 그렇게 말했다.

"……치사하네, 형은."

다음 날 체육 시간.

"자, 타임 잰다~."

마라톤 시간을 재는 수업이었다.

"유키는 타임 기입 부탁한다."

"……네."

당연히 아픈 유토는 견학이다.

입학할 때부터 계속 그랬다.

교관의 호루라기 소리에 반 동급생들이 달리기 시작하다.

경쾌하게. 때로는 웃으면서.

"윽……!"

"아, 유키! 뭐 하는 거야!"

유토는 저도 모르게 달리고 있었다.

동급생들이 달리는 트랙 안으로 들어가 팔을 휘두르고 다리를 들고 달렸다.

'봐, 괜찮잖아.'

"……나는 달릴 수."

꽈악, 가슴이 아프기 시작했다.

"……윽."

털썩 쓰러져서 그 자리에 웅크렸다.

체육 교사가 황급히 달려왔다.

"유키! 대체 무슨 정신 나간 짓이냐! 이봐, 아무나 보건 선생님 불러와!"

'……아아.'

유토는 가슴을 누르고 땅에 웅크리면서 생각했다.

'역시…… 나는 이 정도구나…….'

그리고 유토는 학교에 가지 않게 되었다.

방의 불을 끈 채 줄곧 게임만 하는 나날.

이걸로 됐어.

눈을 감고 귀를 막고, 계속 이 좁은 방 안에만 있으면 상처받지 않을 수 있다.

"……아아."

천장을 올려다보는 유토의 눈동자에서 눈물이 흘러내렸다.

"젠장…… 비참해…… 꼴사나워……."

소매로 눈물을 닦는다.

"억울해…… 그래, 억울하다고…… 전부 다 지고, 아무 것도 못 하는데 억울하지 않을 리가 없잖아……."

아무리 닦아도 눈동자에서는 뜨거운 것이 흘러나왔다.

유토는 한동안 그대로 눈물을 계속 흘렸다.

울고 울다가 퉁퉁 부을 때까지.

울다가 지쳐 눈물마저 말랐을 때야 아까 내던진 스마트폰을 집어들고 오사카에게 메시지를 보내는 것이었다.

다음 날 아침.

"……뭐야? 이렇게 이른 아침부터 이 나를, 게다가 귀중한 겨울 방학에 불러내다니?"

유토는 집에서 조금 떨어진 운동장으로 오사카를 호출했다.

아침에 잘 일어나지 못하는 오사카는 대놓고 불쾌한 기색을 내비쳤다.

하지만 지금은 그런 것을 신경 쓸 겨를이 없었다.

"형한테…… 이기고 싶어."

유토는 한마디 그 말만을 했다.

"흐음."

오사카가 의외라는 표정을 지었다.

"하지만 어제 힘의 차이를 깨달았잖아?"

"그래, 그러니까 나도 힘을 기를 거야. 다만 어떻게 하면 되는지 잘 모르니까 오사카 씨가 알려줬으면 좋겠어."

"……기세는 마음에 드는데, 나에게 배운다면 각오는 돼 있겠지?"

"알아. 오히려 형만큼이나 엄격한 오사카 씨가 아니면 안 돼. 그렇지 않으면 이길 수 없어."

"엄청나게 힘들 거야. 게다가 유키가 돌아가기 전까지 앞으로 2주밖에 안 남았지? 해도 이길 수 있을지 어떨진 몰라."

"그렇다 해도!"

유토는 드물게 소리 높여 말했다.

"아무것도 하지 않은 채로 끝나는 건 이제 싫어. 나도 조금 정도는 스스로를 믿고 싶어!"

"······그래?"

오사카는 납득한 듯 눈을 감고 고개를 끄덕인다.

"알았어. 심장 쪽은 이제 괜찮은 거지?"

"응, 수술은 잘 됐다고 들었어. 저번에 야구할 때도 아무렇지도 않았고."

"하아······ 어쩔 수 없지."

오사카는 한숨을 내쉰 뒤 팔짱을 꼈다.

"이 내가 직접 단련시켜 줄게. 마음껏 기쁨의 눈물을 흘리도록 해!"

그리고, 기세등등한 얼굴로 그렇게 선언했다.

"하나, 둘, 셋, 넷, 하나, 둘, 셋, 넷······ 자자! 더 소리 내서 페이스 올려!"

"하아······ 하, 하나, 둘, 셋······."

그리고 바로 시작된 오사카의 트레이닝.

내용은 소리를 내면서 오사카의 달리기 페이스를 따라가는 것이었다.

그런데 이게 말도 안 되게 힘들다.

"여자인 나조차 따라오지 못하면 어쩌자는 거야!"

"허억, 헉…… 그, 그래도……."

"자, 구령도 빼먹지 말고! 소리 내면서 달리는 건 심폐 기능 강화에 아주 좋거든."

"아, 알았어…… 하나, 둘…… 세, 셋…… 넷!"

본래 남자 쪽이 신체 능력은 평균적으로 더 높지만, 오사카는 육상에서 전국구를 누빈 인간이었다. 한편 유토는 운동 부족인 히키코모리다.

따라가는 것만으로도 벅찼다. 소리를 내는 순간 아침에 먹었던 것을 토할 것만 같았다.

"자, 자! 소리를 더 내라고! 저 산 너머까지 닿을 수 있도록!"

처음엔 못마땅해하던 오사카는 막상 시작하자 유토보다도 더 열성적이었다.

◇

"……좋아, 종료."

유토의 의식이 날아가기 직전 오사카가 멈춰 섰다.

"······허억, 헉, 콜록, 콜록!"

유토는 멈춰 서자마자 그 자리에서 무릎을 꿇었다.

중간부터 몇 바퀴 돌았는지도 까먹었지만, 이렇게나 달린 것은 태어나서 처음이었다.

"주, 죽겠어. 이거 내일도 하는 거야······?"

"그래, 이건 매일 할 거야."

"힉······."

유토의 입에서 비명 같은 목소리가 새어 나왔다.

"그래도······ 그렇겠지. 이 정도는 하지 않으면 승부도 안 되겠지······."

상대는 그 형이다.

"응, 우는 소리는 못 하겠네······."

"잘 아네. 좋은 눈빛이야, 유토."

"오사카 씨······."

그러고 보니 오사카에게 칭찬받은 것은 처음이었다.

'······뭐야. 나쁘지 않네, 이런 것도.'

좋아, 내일도 힘내자.

유토가 그런 생각을 하고 있는데.

"자, 몸풀기는 끝났으니까 이제 트레이닝을 시작해 볼까."

오사카가 그런 말을 꺼냈다.

"······네?"

"……응? 뭐야, 그 얼빠진 얼굴은."

"어? 아니, 몸풀기라니."

"그래, 워밍업 말야, 워밍업. 준비 운동. 몸이 따뜻해 졌지?"

"따뜻해지기는커녕 완전히 연소된 느낌인데…… 잠깐, 이걸로 끝이 아녔어?!"

"뭐어?! 너 바보 아냐?"

오사카는 진심으로 기가 막힌다는 얼굴로 말했다.

"이런 애들 놀이 같은 수준에서 끝날 리가 없잖아."

"그 애들 놀이로 이미 무릎의 힘이 빠졌는데요……."

"휘청거릴 뿐이지 아직 설 수는 있지? 그럼 여유 있다 는 거야."

"……지저스."

기독교인도 아닌데 저도 모르게 신의 아들에게 기도하 고 말았다.

"애초에 피지컬 강화 트레이닝은 일어날 수 없을 만큼 한계까지 몸을 몰아붙인 다음 본격적으로 시작되는 거야. 알았다면 얼른 일어나! 우선 몸통부터 단련할게. 자, 복근 200번."

"횟수가 이상하지 않아?!"

"익숙해지면 500번이야."

"흐악?!"

유토의 뜻 모를 외침이 겨울 하늘 너머로 울려 퍼졌다.

◇

그 후 곧바로 지옥 같은 트레이닝이 시작되었다.

복근, 배근, 스쾃 등 각종 트레이닝을 수백 번(당연히 연속으로 하지는 못하고 하나씩 나눠 죽을힘을 다했다).

하천 부지로 이동하여 큰 돌을 여러 자세로 여러 방향으로 아무튼 계속 던진다. 이것도 수백 번.

이미 이 시점에서 몇 번인가 정신을 잃을 뻔했지만 당연히 오사카는 일절 용납하지 않았다.

몇 시간이 걸리든, 중간중간 쉬면서 하나씩 끊어서 하든 어쨌든 끝까지 시키고야 말았다. 이른 아침부터 시작했는데 거의 끝나갈 무렵에는 해가 지고 있었다.

너무 고마워서 눈물이 날 지경이다. 제발 좀 더 봐주면서 했으면 좋겠다.

그리고 장소를 이동하여 신사로 향했다.

긴 계단이 있는 신사였다. 운동부 학생이 종종 계단을 달리면서 트레이닝하는 모습을 방에 틀어박히기 전에 본 적이 있었다.

당연히 오사카도 트레이닝을 위해 유토를 이곳에 데려온 것이었다.

"아니지, 좀 더 리듬감 있게 손을 움직여!"

유토는 이 긴 돌계단을 오직 손만 사용해서 올라가고 있었다.

다리는 오사카가 가져온 고무 튜브에 칭칭 감겨 있다.

"틀렸어…… 계단 사용법이 완전히 틀렸다고……!"

"안심해. 마무리로는 제대로 계단 달리기도 힐 거니까."

"그런 끔찍한 정보는 알고 싶지 않았어!"

그리고 아니나 다를까 반도 못 가서.

"……안 돼, 손이 더 이상 안 움직여."

팔이 부들부들 떨리는 탓에 멈추고 말았다.

날씬해서 몸은 가벼운 편이었지만 자신의 몸통을 팔의 힘만으로 운반할 체력이 지금의 유토에게 있을 리 없었다.

하지만 역시 오사카는 용납하지 않았다.

"그럼 잠깐 쉬었다가 움직일 수 있게 되면 올라가. 한 계단씩이라도 좋으니까. 타협은 허락 안 해. 어떻게든 해내. 해내야 몸뿐만 아니라 마음에도 근력이 생기는 거야. 근성 없는 너한테는 그쪽도 똑같이 중요해."

"젠자아아아아아아앙! 무식하게 힘만 센 여자 주제에에 에에!"

"누가 무식하다는 거야! 이 썩어 빠진 히키코모리야!"

퍼억 하고 계단을 오르고 있는 유토를 오사카가 인정사

정없이 걷어찼다.

"어흐억?!"

당연히 유토에게 그것을 견딜 힘이 남아 있을 리가 없다. 그대로 볼품없이 쓰러진다.

"나는 기말고사 학년 1등이었어! 그런 소리는 조금이라도 나아진 뒤에나 해! 이 밑바닥 인생아!"

트레이닝도 욕설도 정말이지 가차 없는 오사카였다.

트레이닝의 마무리는 전력을 다해 계단을 질주하는 것이었다.

"……허억, 허어억."

계단을 오르는 유토는 완전히 너덜너덜. 이제 제대로 된 호흡조차 되지 않았다.

느릿느릿 계단을 한 계단씩 오르더니 그대로 말없이 땅바닥에 쓰러졌다.

"흥…… 이대로면 대시가 아니라 워킹이네."

올라간 곳에서 기다리고 있던 오사카가 어이없다는 듯이 그렇게 말했다.

"……."

그 말에 리액션할 기운도 없는 유토는 말없이 땅바닥에

쓰러져 있었다.

"자아, 언제까지 자고 있을 거야? 마무리 체조 할 거야."

"……꾸엑."

오사카에게 끌어당겨 올려진 탓에 개구리가 뭉개진 듯한 소리를 내는 유토.

'……그래, 끝났구나.'

이제야 실감이 났다.

그건 그렇고 지옥이었다.

"자, 다리 벌려. 뒤에서 누른다."

"응…… 아야야야야약!"

"쓸데없이 버티지 말고 천천히 숨을 내쉬어! 유연성은 근력만큼이나 중요해. 특히 넌 줄곧 틀어박힌 채 안 움직였잖아."

"근육 끊어져, 끊어진다!"

"그렇게 말하면서 끊어진 녀석은 없어."

"악마냐!"

"미소녀야. 봐, 자세만 봐도 미소녀가 가슴을 밀어붙이고 있잖아. '우헤헥, 최고다~!' 하면서 기쁘게 아픔을 잊어."

"말도 안 되는 소리 마! 아야야야야!"

운동 후 마무리 체조라는 이름의, 온몸의 모든 관절을 무자비하게 넓히는 고문이 끝났다. 이번에야말로 정말 오늘의 트레이닝은 종료다.

'……죽는다…… 이러다 죽을 거야.'

유토는 돌바닥 위에 웅크린 채 그런 생각을 했다.

더는 손가락 하나 움직일 힘이 없었다.

그보다 이른 아침에 시작했는데 이미 완전히 밤이다.

정말 하루 종일 트레이닝을 한 것이다.

"내일 난 아침부터 동아리 활동이 있으니까 너 혼자서 해둬."

"……뭐?! 이거 내일도 하는 거야?!"

유토는 땅바닥에 엎드린 채 오사카 쪽으로 간신히 얼굴만 움직였다.

"당연하지."

"못 해, 못 한다고. 애초에 트레이닝한 뒤에 제대로 안 쉬면 역효과가 난다고 어디서 들은 적이 있어!"

"하아, 이래서 근성 없는 놈은 안 돼. 자기 듣고 싶은 정보만 기억한다니까."

오사카는 한심하다는 얼굴로 어깨를 으쓱했다.

그리고 진지한 톤으로 말한다.

"……오버워크가 필요하다고. 너 같은 녀석이 단기간에 강해지기 위해서는."

오사카는 자기 몫의 스트레칭을 하면서 이야기를 계속했다.

"인간은 지금 처한 환경에 적응하는 생물이야. 네 몸은 1년 동안 틀어박힌 채 조금도 움직이지 않는 생활에 적응해서 '편안한 몸'이 된 상태지. 그러니 반대로 가혹한 환경에 익숙해져야 해. 일부러 말도 안 되는 짓을 해서라도."

"……."

"그런데 둘째 날부터 편한 쪽으로 돌아서면 몸이 '편안한 몸'으로 있어도 되는구나 하고 받아들이겠지. 그러니까 몰아세우는 거야, 자신을. '싸우는 몸'이 되지 않으면 죽는다고 생각할 정도로."

의외로 제대로 생각하고 있었구나.

유토는 그렇게 생각했다.

오사카에게는 막연하게 '무식하게 열심히 하면 그만'이라는 이미지가 있었던 것이다.

뭐, 생각해 보면 아까 계단을 손으로 올라갈 때도 말했듯이 정기 고사에서 학년 1등을 하고 있으니 바보일 리는 없겠지만.

"……자, 이제 완전히 어두워졌으니까 돌아갈게."

오사카는 그렇게 말하고는 혼자 신사를 떠나려고 했다.

"아, 잠깐만."

"뭐야?"

유토는 그 등을 향해 말했다.

"……어, 어깨 좀 빌려줘. 일어설 수가 없어."

완전히 지쳐버린 유토의 다리는 일어서려 해도 벌벌 떨려서 일어나지 못했다.

"……."

이쪽을 보는 오사카의 눈이 '귀찮아'라고 말하고 있었다.

그리고 오사카는 수풀 속으로 부스럭대며 들어가더니.

"아, 있다. 자, 받아."

굵고 긴 나뭇가지를 주워와 유토에게 건넸다.

"엥?"

"지팡이 대용으로 쓸 수 있겠지? 그럼."

"잠깐, 에엑?!"

"힘들 때 누군가가 무조건 도와줄 거라는 생각은 버려."

오사카는 그렇게 말하더니 성큼성큼 걸어 신사를 떠났다.

그 등을 벙찐 얼굴로 배웅하는 유토.

하지만 이대로 여기에 있으면 감기에 걸리고 말 것이다.

"……으윽, 귀신, 악마."

유토는 나뭇가지를 이용해 간신히 일어서서는 갓 태어난 아기 사슴 같은 걸음걸이로 느릿느릿 귀가했다.

가까스로 무사히 귀가한 유토는 엉망진창이 된 상태를

아사코나 유키나 코토리에게 어쩐지 보이고 싶지 않았다.
세 사람 몰래 샤워를 하고 목욕을 한 뒤 주방에서 만들어
놓은 밥을 방으로 가져가 먹었다.

그리고 식사를 마치고는 그대로 이불 위로 뒹굴었다.

"……윽, 피곤하다, 진짜."

몸속 깊은 곳에서 힘겹게 그런 말이 나왔다.

"근데…… 내일도 그걸 하는 건가……."

엄청나게 우울한 기분이었다.

싫어하면서도 스마트폰 알람을 오늘 아침과 같은 시간
에 맞췄다.

"하아……."

한숨을 쉬고 이불 속에서 손발을 내던졌다.

마치 이불에 피로가 녹아가듯 몸이 휴식을 절실히 느끼
고 있었다.

……그리고 그대로 진흙처럼 깊은 잠에 빠져들었다.

"으아아아아아아아아아아아아아아아아아아아아아아아
아악!"

다음 날 아침.

유토는 알람이 울리기도 전, 근육통으로 잠에서 깼다.

위험해. 진짜 농담이 아니다.

물론 어제 아침이나 그 전날 아침에도 오랜만에 운동을 해서 근육통이 있긴 했지만 이번에는 차원이 달랐다.

머리끝부터 발끝까지 온몸이 빠짐없이 아팠다.

"아, 하지만…… 오늘도 트레이닝을 해야 하는데…… 아야야야야얏!"

일어나려 했지만 그 순간 온몸으로 통증이 몰려와 데굴데굴 바닥을 굴렀다.

'……주, 죽겠다. 이거 억지로 움직였다간 죽는 거 아닐까?'

이건 안 되겠다.

아무래도 오늘은 쉬어야겠어. 오늘은 마침 오사카도 없다. 혼자 해봐야 효율도 안 좋을 테니 차라리 잘됐다.

그렇게 생각하고 꾸역꾸역 몸을 이끌고 이불로 돌아가려고 하는데.

벌컥!

하고 방문이 열렸다.

"유토, 뭔가 엄청난 소리랑 비명이 들리던데 괜찮아?!"

당황하며 달려온 것은 형이었다.

"아, 아냐, 괜찮아, 형. 근육통이 좀 있어서……."

"뭐야, 그렇구나……."

유키가 숨을 내쉬었다.

저렇게 당황하는 것은 평소에는 거의 보지 못하는 모습이었다. 형이 저런 반응을 보이는 것도 이해가 갔다.

아버지인 유지로는 농사일을 하다가 갑자기 쓰러져서 그대로 돌아오지 못하는 사람이 되었다. 아버지가 쓰러진 것을 가장 먼저 발견한 것은 유키였다.

분명 그때의 일이 생각난 거겠지.

"그나저나 근육통이라. 이틀 전에 움직인 게 오늘 나타나다니 무슨 중년 아저씨 같네."

"……그러게."

유키에게는, 아니 가족에게는 오사카와 트레이닝을 하고 있다는 것은 비밀로 하고 있었다.

"뭐냐, 너무 무리하지는 마."

형은 부드러운 목소리로 그런 말을 해왔다.

"……."

유토는 그 말을 듣고 생각했다.

'……무리하지 마라, 인가.'

심장병이 발견된 뒤 자주 들었던 말이다.

몇 번이나 들어왔던 말이다.

"……형은."

"응?"

"무리하는 타입이지?"

"뭐, 부정할 수는 없네. 코토리한테도 많이 듣고."

유키는 머리를 긁적이며 말한다.

"……하지만 내 흉내를 낼 필요는 없다고 생각해. 사람마다 그 사람에게 맞는 페이스가 있을 테니까."

그리고 유키는 발길을 돌렸다.

"일단 큰일이 아닌 것 같아서 다행이다. 오늘은 푹 쉬어."

방해했네, 하고 유키는 방을 나갔다.

"……나를 따라 할 필요는 없다…… 그 사람에게 맞는 페이스라……."

유토는 홀로 남아 조금 전 유키가 한 말을 중얼거렸다.

"그게 뭐야."

꽈아악 주먹을 세게 쥐었다.

"본인은 무리해서 점점 더 대단해지는 주제에……."

물론 형이 그런 생각으로 말한 것은 아니라는 것도, 유토의 몸을 걱정해서 말했다는 것도 알고 있다.

하지만 그런 말을 들을 정도로 스스로가 약한 존재로 여겨지는 것은 틀림없는 사실이었다.

"……."

유토는 무릎에 손을 짚고 일어섰다.

욱신욱신 온몸의 근육이 쑤셔왔다.

"끅……."

아프다. 미치도록 아프다.

"……고집이 있다고, 남자한테는."

그리고 유토는 삐걱삐걱 움직이지 않는 몸을 질질 끌며 트레이닝 준비를 시작하는 것이었다.

◇

그렇게 유토는 혼자 트레이닝을 시작했다.

한겨울 이른 아침의 추위 속.

오사카가 보내준 메시지에는 어제 한 트레이닝 메뉴가 적혀 있었다.

"하아…… 하아…… 하, 하나, 둘, 셋, 넷!"

소리 내어 달렸다.

하지만 전신 근육통으로 인해 어제 오사카와 달리던 페이스와는 비교가 안 될 정도로 느렸다.

유토 나름대로 필사적으로 몸을 움직이려 했지만 소용 없었다. 얼마나 느린지 조금만 빨리 걷는 거북이라면 추월할 수 있지 않을까 싶을 정도의 페이스였다.

'……아아, 아파, 안 움직여…… 의미 있는 걸까, 이렇게 천천히 달리는 게.'

그런 생각이 머리를 맴돌았다.

그리고 전신 근육통으로 아프다.

하나 더 말하자면 어제 소리를 너무 질러대서 목도 아

픈 나머지 소리를 지르는 것도 힘들었다.

아파, 괴로워, 아파, 괴로워.

'그래. 차라리 그냥 걷는 거야……. 애초에 이거 몸풀기라고 했잖아. 조금 편하게 달리는 편이…….'

거기까지 생각하고 소리 내는 것을 멈추고 다리의 힘을 풀었을 때.

『응? 아…… 유토구나. 그래, 무리는 하지 마라.』

기억 속에서 울려 퍼진 것은 아버지의 말.

『유키! 대체 무슨 정신 나간 짓이냐! 이봐, 아무나 보건 선생님 불러와!』

이것은 교사의 말.

그리고.

『……하지만 내 흉내를 낼 필요는 없다고 생각해. 사람마다 그 사람에게 맞는 페이스가 있을 테니까.』

이것은 오늘 들은 형의 말.

"……지 마."

유토의 입에서 말이 새어 나오다.

그리고 다시 달리기 시작했다.

크게 손을 흔들고 큰 소리로 외쳤다.

"웃기지 마아아아아아아아아아아아아아아아아아아아아아! 하나같이 다 짜증 난다고오오오오오!"

유토는 그대로 포효하는 듯한 함성을 내지르며 계속 달

렸다.

"나도 하면 할 수 있단 말야아아아아아아아아아아아!"

물론 다리를 늦추지 않고.

시린 하늘에 유토의 목소리는 계속 울려 퍼졌다.

◇

몸풀기라는 이름의 무식한 오래달리기가 끝나면 다음으로 복근, 배근 등 각종 체간 트레이닝.

어제와 같은 100번이 훌쩍 넘어가는 할당량이지만 당연히 어제보다 근육통과 피로가 심해 쉽게 움직일 수 없었다.

하지만 유토는 한 번씩 하는 한이 있어도, 아무리 시간이 걸려도 해냈다.

그 뒤 돌 던지기도 중간중간 쉬어가며 수백 번을 던졌다.

그리고 어제보다 늦은, 완전히 해가 진 시간에 가까스로 신사에 도착했다.

"……하아…… 하아."

이미 의식은 몽롱했다.

그래도 유토는 발에 고무를 두르고 계단을 오르기 시작했다.

당연하다는 듯이 몇 계단 오른 시점에 체력이 꺾였다.

"……으윽."

그래도 나아갔다.

기어가듯이 한 계단씩.

게다가 팔만 이용한다기보단 움직임이 막힌 다리를 제외하고 온몸을 이용해 애벌레처럼 나아간다는 느낌이었지만, 그럼에도 나아갔다.

"해내겠어…… 반드시, 무슨 일이 있어도……."

……그리고.

"……큭, 아아!"

간신히 유토는 계단을 다 올라갔다.

솔직히 정신을 차려보니 다 올라왔다는 느낌이었다. 도중에 어떻게 올라왔는지 기억이 나질 않는다. 의식을 잃었던 걸까.

"……안 도망갔네."

신사에는 고등학교 연습용 점퍼를 걸친 오사카가 있었다.

머리가 약간 땀에 젖어 있다.

시간이 늦었으니 동아리 활동은 이미 끝났을 것이다. 오사카도 이 시간까지 자주 연습을 하고 있는 건지도 모른다.

"……안 도망갔다니…… 도중에 메뉴를 빼먹었을지도

모르는데?"

"바보 같긴. 제대로 했는지 안 했는지 정도는 눈을 보면 알 수 있어. 지금 넌 눈이 비굴하지가 않아, 여태까지랑 달리."

"……."

"사실 굉장히, 꽤 가혹한 메뉴를 시키고 있다는 건 알고 있었어. 그래서 90퍼센트 정도는 포기할 줄 알았는데."

"……하하, 얕보면 곤란해."

유토는 땅에 쓰러진 채 오사카를 향해 엄지를 들어 올렸다.

실로 나약한 움직임이라고 스스로도 생각했지만, 지금은 손목을 올리는 정도밖에 움직이지 않았다.

아니, 정말로 안 움직인다.

오사카가 오지 않았다면 여기서 움직이지 못한 채 동사했을 것이다. 아, 아니, 스마트폰을 가지고 있으니까 누군가에게 마중 나와 달라고 하면 되려나…….

"그래, 조금은 다시 볼 뻔했어."

"뻔했다니…… 다시 본 게 아니라……?"

"그건 유키 녀석을 이긴 뒤에야…… 자."

오사카는 유토 쪽으로 다가가 손을 내밀었다.

"정말로 몸이 안 움직이는 거지? 못 움직이는 척한 어제랑은 달리. 그러니 특별히 선심 써서 마지막 달리기는 면제해줄게. 스트레칭하자."

내밀어진 오사카의 손.

평소 단련해서 그런지 상처도 많았지만, 그래도 여리고 부드러워 보이는 손이다.

유토 쪽을 보는 표정도 아마 기분 탓이겠지만 평소보다 부드러운 느낌이 들었다.

'……하지만.'

유토는 그 손에 자신의 손을 뻗지 않았다.

대신 땅에 손을 짚었다.

"……하하, 말했잖아. 얕보면 곤란하다고."

그리고 부들부들 경련하는 몸을 억지로 일으켜 세웠다.

놀라서 눈이 휘둥그레지는 오사카.

그 표정은 평범한 여자애 같아서 유토가 보기에도 귀엽다는 생각이 들었다.

"윽…… 아……."

일어선 것까진 좋은데, 유토는 곧 무릎에 손을 올렸다.

정말로 서 있는 것만으로도 힘들었다.

……하지만.

"……그럼 마지막 계단…… 다녀올게……."

"……흐음."

오사카는 약간 미소 짓는가 싶더니 말없이 고개를 끄덕였다.

그래, 하고 잠자코 고개를 끄덕인 것이다.

유토는 난간을 잡고 느릿느릿 계단 아래까지 내려갔다.

솔직히 이것만으로도 엄청난 중노동이었다.

그리고 돌아서서.

"……좋았어!"

계단을 뛰어 오른다.

씩씩하게 첫발을 내디딘 유토였지만.

"끄윽……."

당연히 그대로 달려갈 수 있을 리가 없다.

금세 다리가 움직이지 않았다.

그래도…….

"……끅, 으으."

유토는 나아갔다.

한 걸음, 한 걸음 밟아나갔다.

'아파, 괴로워, 힘들어…….'

솔직히 순간 후회했다.

뭘 기세 좋게 계단 달리기를 하겠다고 한 거냐, 몇 초 전의 나는.

그냥 얌전히 스트레칭이나 하러 갈 걸 그랬다.

그런 생각이 들자마자.

그 감각이 찾아왔다.

꽈아악 하는 가슴 통증.

심장이 고장을 일으켰다는 통증.

'……아, 안 되겠다. 이게 오면 도저히 무리야.'

그런 생각이 머리를 완전히 지배했다.

그리고 도움을 청하듯 위를 바라보았다.

그러자.

"……."

오사카는 여전히 말없이 이쪽을 바라보고 있다.

아까랑 다름없이 그저 입을 다문 채.

'……아, 그래.'

알고 있다.

사실은 알고 있다.

이 아픔은…… 기분 탓이다.

심장병은 완치됐다.

이 아픔은 아마도 자신의 여린 마음일 것이다.

편하게 있고 싶어, 더 이상 애쓰고 싶지 않아, 만약 이렇게나 했는데 지면 어떡해? 괴롭지 않을까?

그런 여린 마음이 있지도 않은 아픔을 만들어낸 것이다.

'그래…… 나는 계속…….'

계속 여기로 도망쳐왔다.

이미 나은 병에, 시험공부와는 관계없는 병에, 반 친구들이랑 잘 어울리지 못하는 것과 관계없는 병에, 학교 가기 싫어진 것과 관계없는 병에.

사실은 전혀 상관없었다.

운동은 몰라도 다른 것은 이 병과 아무런 관계가 없다.

그저 내 마음이 나약했으니까.

아프지 않고 고생하지 않아도 되는 이유를 찾고 있었으니까.

심장병이라는 걸 편리하게 사용했던 것뿐이다.

내 자신의 나약한 마음이!

하지만 이제 상관없다.

왜냐하면 다 나았으니까.

"……아."

오사카는 아까 마지막 대시를 향할 때 말없이 배웅해 주었다.

무리하지 말라든가…… 그런 말 따위 일절 하지 않고.

……기뻤는데.

"윽, 아아아!"

유토의 발이 계단을 세게 박찼다.

손발의 감각이 완전히 마비됐지만 오히려 편했다.

아프지 않으니까 마음껏 움직일 수 있었다.

뛰어 올라갔다.

꽈아악 하고 조여오는 심장.

멈춰 설 뻔했지만.

'……거짓말하지 마.'

너는 다 나았잖아.

이제 됐어.

이제 나는 너에게 보호받고 싶지 않아!

"아아아아아아아아아아아아아아아아아아아아아아아
아아!"

외침과 함께 마지막 한 계단을 뛰어올랐다.

다시 쓰러져 신사의 돌바닥 위로 누웠다.

"하아…… 하아…… 어떠냐, 해…… 해냈다고…….."

"할 수 있잖아, 유토. 아주 조금, 정말 원자의 지름 정도
지만 다시 봤어."

오사카는 그렇게 말하고, 조금 전에 유토가 한 것처럼
웃는 얼굴로 엄지를 치켜올렸다.

"……정말 조금이네."

"제대로 다시 보게 만들고 싶으면 이겨."

"그래…… 이길 거야…….."

유토는 그렇게 말하며 반듯이 누운 채 별이 빛나는 예
쁜 밤의 하늘을 올려다보는 것이었다.

열흘 뒤.

"하아…… 하아, 하아……."

유토는 신사 계단을 뛰어 오르고 있었다.

"……읏, 하아!"

최후의 한 계단을 올랐다.

계단을 오른 곳에서 기다리고 있는 것은 오사카였다.

"처음으로 끝까지 걷지 않고 다 올라왔네. 게다가……
이 시간에 끝낼 수 있게 됐고."

오사카는 먼 하늘을 보며 말한다.

해는 이제 막 저물어가고 있었다.

첫날에는 완전히 밤이었던 것을 생각하면 충분할 정도
의 진전이었다.

"뭐, 이걸로 최소한 싸울 만큼의 체력은 붙었겠네. 어
때? 자신의 성장을 객관적으로 알게된 기분은?"

"……."

"응?"

"우웨에에에에엑!"

유토는 성대하게 토사물을 땅에 쏟아냈다.

"으엑."

오사카가 눈살을 찌푸렸다.

'……젠장. 역시 힘든 건 똑같아.'

확실히 몸도 익숙해졌고 체력이 붙었다는 느낌도 들었지만, 그와 별개로 매번 죽을 만큼 고통스러운 것엔 변함이 없었다.

"뭐, 흙까지 가서 토한 건 칭찬해줄게. 돌계단 위였다면 처리하기 힘들었을 테니까."

오사카가 유토의 토사물 위로 모래를 덮으며 말했다.

"……드디어 모레네."

"그래."

유키 일행은 사흘 뒤에 돌아갈 예정이었다.

그러니 승부는 모레.

"내일은 트레이닝은 없어. 푹 쉬도록 해."

오사카는 그렇게 말했다.

"아, 그래? 실전 전날에도 상관없이 할 줄 알았는데."

"너 바보니? 난 휴식이 필요 없다고 말한 적은 없어. 다만 그 기술 연습은 할 거야. 완전히 쉬면 몸이 굳어서 좋지 않으니까."

"……."

"뭐야, 말없이 빤히 쳐다보고. 혹시 반했어? 그런 거라면 미안해. 난 나와 동급인 인간 외에 교제할 생각 없거든."

"……아니, 그게 아니라."

뭔가 고백하지도 않았는데 차였다.

"귀중한 겨울 방학인데 도와줘서 고마워……."

유토는 그렇게 말하며 순순히 고개를 숙였다.

"뭐야, 새삼스럽게. 징그러워."

"오사카 씨가 바쁘다는 건 알고 있으니까. 동아리 활동도 공부도 학교 학생회 활동도 있을 텐데 그런 와중에 나 같은 걸 위해 시간을 내줬잖아. 얼마나 애써줬는지 알아. 그러니까…… 고마워……."

그리고 다시 한번 깊이 고개를 숙인다.

"……."

오사카는 놀란 듯 눈을 동그랗게 뜨더니 유토 쪽을 한참이나 바라보았다.

"……흥. 뭐, 알고 있으면 됐어, 알고 있으면."

그리고 여전히 기세등등하게 팔짱을 낀 채 그렇게 말했다.

"그리고……."

오사카는 이쪽을 향해 손가락을 치켜세우며 말한다.

"'나 같은' 거라는 말, 그거 금지야. 넌 지금껏 주위에서 실컷 굼뜨다느니 무능하다느니 밑바닥이라는 말을 들어왔겠지만."

"그 시작은 오사카 씨였는데."

"그건 타인이 본 객관적인 사실이야! 하지만…… 자기 자신마저 그렇게 생각해서는 안 돼."

오사카는 유토 쪽으로 다가가더니 그 가슴을 툭툭 주먹으로 두드렸다.

"너만큼은 너를 '난 대단한 녀석이다'라고 생각해야 해. 열심히 한 만큼, 어제의 나보다 성장한 만큼 그렇게 생각해도 되는 거야."

"……."

"자아, 그럼 스트레칭할게."

"……."

"뭘 멍하니 서 있어."

"오사카 씨는."

"뭐야?"

"정말 멋진 여자구나."

"뭐야, 갑자기."

"아니, 정말로. 솔직하게 지금 든 생각이야."

"……흐, 흥! 그래? 그런 건 됐으니까 빨리 다리 벌리고 앉기나 해."

그렇게 말한 오사카는 조금 얼굴이 붉어진 것 같았지만, 아마 기분 탓이겠지 생각하는 유토였다.

◇

그리고 결전의 날이 왔다.

"야아, 유토 쪽에서 다시 야구를 하자고 할 줄은 몰랐는데."

이른 아침임에도 유키는 여전히 기쁜 얼굴로 그렇게 말했다.

"코토리도 데려오려고 했는데 오늘은 엄마랑 어디 가기로 약속했나 봐. 아, 알고 있어? 코토리 녀석, 저래 봬도 공 던지는 건 꽤 잘해."

"……알고 있어."

유토는 작게 그렇게 말했다.

"오늘도 저번처럼 공수 세 번씩 도는 규칙으로 하는 거야?"

"좀 달라."

유키의 말에 대답한 것은 유토가 아닌, 오늘도 포수 역을 맡은 오사카였다.

"이번에는 나무 배트를 사용할 거야. 금속이면 타자 쪽이 너무 유리하니까."

"……음? 서로 치기 쉬우니까 똑같지 않을까? 뭐, 상관은 없지만."

유키는 그렇게 말하고는 오사카가 가져온 나무 배트로 바꿔 들고 타석에 섰다.

"그럼 플레이볼이다."

오사카는 마스크를 쓰고 포구 자세를 취했다.

유토도 플레이트에 발을 걸쳤다.

"……."

오사카가 마스크 너머로 이쪽을 보고 있었다.

그 눈이 '보여줘'라고 말하고 있었다

'……아아, 그래 보여주고말고.'

유토가 크게 팔을 휘둘렀다.

그리고 한쪽 다리를 들었다.

한쪽 다리를 올려도 유토의 몸은 흔들리지 않았다. 열흘 전에는 이 시점에서 휘청였는데 지금은 단단하게 하체가 고정되어 있었다.

그리고 그대로 부드럽게 체중을 이동하여 지난 열흘간 혹독하게 트레이닝해 온 체간 회전을 사용해 공을 날렸다.

"……!"

유토의 손에서 날아간 공은 전보다 월등할 정도로 깔끔하게 뻗어나가 오사카의 미트에 꽂혔다.

코스는 정중앙 위쪽. 코스만 보면 가장 멀리 날리기엔 최적의 공이었다.

"……."

그러나 유키는 배트를 휘두르지 못했다.

"놀랐어, 유토…… 저번이랑 공이 전혀 다르잖아."

"놀라게 했다면 바라던 바야."

유토는 그렇게 말하며 히죽 웃었다.

"원 스트라이크네."

오사카는 그렇게 말하면서 유토에게 공을 되돌려주었다.

유토는 마운드 바닥을 고르게 만들며 그 공을 글러브로 잡았다.

'……좋아, 계산대로다.'

사전에 오사카와 생각한 작전이 훌륭하게 먹혀들었다.

'형에겐 지난번에 던졌던 공의 이미지가 남아 있어.'

확실히 유토의 공은 전에 비해 놀랍도록 빨라졌다.

그것은 맞았지만, 그래도 쫓을 수 없을 만큼 빠른 공을 던지고 있는가 하면 그렇지 않다. 잘 쳐줘도 배팅 센터의 중속 공보다 조금 나은 정도였다.

요점은 유키가 칠 수 없는 공이 아니라는 것이다.

하지만 아마 한동안 유키는 칠 수 없을 것이다.

왜냐하면 12일 전 유키는 유토의 '빨라지기 전의' 공을 이미 여러 번 쳤기 때문이다. 유토의 폼과 던지는 공의 궤도에 몇 번이나 타이밍을 맞춰 배트를 휘둘렀다. 유키의 눈과 뇌에는 그 공의 궤도가 박혀 있을 것이다.

그렇기 때문에 유키는 칠 수 없다.

지금 유토의 공은 강속구라고 하기는 어렵지만, 이전

유토의 공과 같은 타이밍으로 휘둘러서 히트를 칠 수 있을 정도로 느리지도 않았다.

그런 만큼 이것은 시간 싸움이었다.

유키라면 더 늦기 전에 타이밍을 맞추기 시작할 것이다.

"……그러니까."

유토는 간격을 두지 않고 다시 휘둘렀다.

'생각할 시간은 최대한 주지 않는다!'

던졌다.

이번에도 코스는 안정적인 정중앙.

하지만.

"……이런."

유키는 잠깐 배트를 움직였을 뿐 스윙하지 않았다.

"투 스트라이크!"

오사카가 그렇게 말하고 다시 유토에게 공을 돌려줬다.

완전히 타이밍이 맞지 않았다.

'……좋았어.'

유토는 다시 간격을 두지 않고 곧바로 투구 모션에 들어갔다.

"!"

황급히 자세를 잡는 유키.

유토가 던진 3구째 공은 인코스 아슬아슬한 곳으로 향했다.

아직 코스를 컨트롤해서 던지는 능력까지는 없었다. 유토는 기본적으로 매번 정중앙을 노리고 던지고 있었다.

가까스로 인코스라는 좋은 코스로 들어간 것은 우연, 하지만 행운에 가까운 우연이다.

인코스는 아웃보다 배트의 무게 중심을 가져오기까지 시간이 걸린다.

게다가 이번에 유키는 익숙해지지 않은 투구로 자세가 늦어지고 있었다.

아직 유토 공에 타이밍을 맞추지 못하고 있다면 이번 판은 이긴 것이나 다름없었다.

하지만.

슈욱!

유키의 몸이 날카롭게 회전했다.

"?!"

유토가 눈을 부릅떴다.

나무 배트가 유키의 몸에 딱 달라붙듯 회전하며 그 끝으로 인코스의 공을 잡아냈다.

타앙!

나무 배트가 연식구를 때리는 소리가 울려 퍼졌다.

"아!"

분하다는 듯 터져나온 유키의 목소리.

"이런, 치는 게 늦었네."

유키는 하늘을 올려다보았다.

그곳에는 똑바로 위를 향해 날아간 공이 있었다.

오사카는 어렵지 않게 그 공을 잡아냈다.

"네, 원 아웃."

플라이를 잡은 시점에서 아웃임에도 오사카는 굳이 유키의 몸에 터치했다.

"그래, 그래. 알아. 아, 젠장. 완전히 당했네. 그나저나."

유키는 그렇게 말하고는 배터 박스에서 나와 이쪽으로 걸어왔다.

유토는 속으로 심장이 철렁했다.

'……위험했어.'

금속보다 무거운 나무 배트가 아니었다면 자칫 홈런을 맞았을 뻔했다.

'……이상해.'

그리고 유토는 한 가지 위화감을 느꼈다.

"그건 그렇고 진짜 놀랐어, 유토. 오늘까지 혹시 연습했어?"

그런 생각을 하고 있는 사이 유키가 눈앞에 와 있었다.

"……아, 으응."

"그렇구나."

유키는 진심을 담아 말했다.

"이거 방심할 수 없겠네. 좋아, 공수 교대다."

유키는 그렇게 말하며 나무 배트를 유토에게 건네주었다.

"……."

유토는 말없이 배트를 받아들고 그 대신 공과 글러브를 유키에게 건넸다.

받은 배트를 휘둘러보았다.

붕! 붕!

공기를 가르는 소리가 났다.

"오, 스윙도 엄청 빨라졌잖아."

유키가 감탄한 듯 그렇게 말했다.

트레이닝 메뉴 중간에 매일 배트를 휘두르고 있었으니 당연하다.

'……역시 나무 배트라 금속보다 확실히 무거워.'

유토는 손에 전해져 오는 무게를 느끼며 그렇게 생각했다.

그렇다면 역시 아까 그건 이상해.

'어떻게 형은 그 인코스 공을 칠 수 있었던 거지?'

12일 전에 본 형의 움직임으로는 이 배트로 그 타이밍에 그렇게 아슬아슬한 인코스 공을 맞출 수 있을 리가 없었다.

확실히 움직임에 능숙함이 더해져 있었다.

"좋았어, 간다~."

유토가 배터 박스에 들어가자 유키는 투구 모션에 들어 갔다.

그리고.

팟!

공을 손가락으로 튕기는 소리가 들린 것 같았다.

던져진 공은 감탄이 나올 정도로 깨끗한 회전과 속도로 아웃코스의 낮은 스트라이크존을 향해 아슬아슬하게 날아오더니.

타악!

하는 소리를 내며 박혔다.

"……!"

유토는 조금도 반응할 수 없었다.

그리고 경악스러운 사실에 서늘한 식은땀이 흘렀다.

'빠, 빨라졌어…….'

"하하하! 어때, 놀랐어?"

유키가 즐겁다는 듯 웃었다.

"사실 알바가 없어서 한가해진 만큼 공부하는 틈틈이 나도 연습을 좀 했거든. 어쩐지 그리워져서 말이야."

"……윽."

맞아.

그랬다.

형은, 유스케는 숨 쉬듯이 노력하는 남자다.

어차피 '좀'이라고 하면서 꽤 혹독한 연습을 했겠지.

"……젠장, 한가하면 좀 쉬라고, 변태 같은 형……."

하지만 생각해보면 당연한 일이다.

자신이 열심히 한다고 해서 상대방이 그대로 멈춰 있어 줄 이유는 어디에도 없는 것이다.

"자, 2구째 간다~."

유키가 다시 투구 모션에 들어갔다.

"큭! 얼마든지 와!"

그래도 겁만 먹고 있을 수는 없다.

확실히 유키도 연습을 했겠지만 적어도 지난 열흘간은 틀림없이 자신 쪽이 더 많이 노력했다.

하지만.

"윽!"

유키의 공은 조금 전과 같은 완벽한 컨트롤과 궤도로 아래쪽 외곽, 아웃로우에 박혔다.

유토는 배트를 휘두를 수조차 없었다.

'무시무시한 컨트롤…….'

아웃로우라는 코스는 몸에서 배트가 떨어지기 때문에 가장 치기 어려운 코스라고 알려져 있다. 또한 얼굴과의 거리도 멀어 스트라이크와 볼의 판정도 어렵다.

그런 곳에 기계처럼 정확하게 절도 있는 스트레이트를 던져 넣은 것이다.

구속 자체는 물론 빠르긴 빠르다. 아마추어나 다름없는 유토가 대충 봐도 엄청난 수준이었지만, 그럼에도 150킬

로미터가 넘는 초강속구는 결코 아니다.

하지만 이 컨트롤은…… 형이 어릴 때부터 아버지와 2인 3각으로 완성해온 온 그것은 프로야구 선수도 좀처럼 도달할 수 없는 경지였다.

오사카에게 공을 돌려받은 공을 유키는 다시 투구 모션에 들어갔다.

3구째.

"……그래도 어떻게든."

꽈악, 하고 나무 배트를 움켜쥐는 유토.

"웃차."

그곳으로 던져진 것은 완만한 커브의 공이었다.

"!"

머릿속에 스트레이트밖에 들어있지 않았던 유토는 더는 타이밍에 맞추지 못했다.

힘껏 헛스윙을 한다. 그 후 공은 천천히 오사카의 미트로 빨려 들어갔다.

"하하, 멋지게 속았구나."

유키는 장난에 성공한 아이 같은 미소로 마운드 위에서 그렇게 말했다.

'……너무 달라, 갖고 있는 무기도, 경험해 온 횟수도.'

지난 열흘간 유토는 노력했다.

분명 그것을 통해 강해졌고 실력도 늘었다.

형보다도 더 많이 노력했다. 형은 공부하는 틈틈이 한 것이고, 유토는 하루 종일 하고 있었으니까.

그런데 그게 어쨌다는 거지?

그 형은 유토가 지난 열흘 동안 했던 것과 같은 노력을 어린 시절부터 쭉, 그야말로 10년 가까이 해온 것이다.

그러니까 이것이 당연하다.

실력 차이는 압도적일 수밖에 없는 것이다.

"좋아, 이걸로 아직 0대 0인가."

큰 충격을 받은 유토와는 달리 여전히 싱글벙글한 유키.

배트와 글러브를 교체하고 다시 공수 교대.

유키가 배터 박스에 섰다.

"좋아, 다음에는 친다."

어조는 밝고 가벼운 느낌이지만 그 자세만큼은 당당하고 자신감이 넘쳐흘렀다. 마운드에서 다시 바라보니 한눈에 봐도 칠 것 같다는 느낌이 들었다.

"……."

유토는 그런 유키의 모습을 말없이 바라보았다.

'아아, 부럽네. 형.'

노력가에, 자신감 넘치고, 많은 것들을 갖고 있다.

'……정말 어렸을 때는, 나도 형만큼 할 수 있게 될 거라고 순진하게 생각했었지.'

하지만 형은 자신과는 다르다.

같은 피를 갖고 있다고 해서 같은 능력을 가진 것은 아니다.

같은 환경에서 자랐다고 해서 똑같이 자라는 것도 아니다.

형제임에도 형은 수백 걸음, 몇만 걸음, 보이지 않을 정도로 아득히 앞서 있다.

그렇기에 이것은 처음부터 무모한 도전이었다.

그것을 타석에 선 유키를 보고 새삼스레 깨달았다.

"……나는, 형한테는."

유토의 몸에서 힘이 빠지면서 들고 있던 공이 손에서 떨어졌다.

"앗."

유토가 그 공을 주우려고 했을 때.

"타임!"

그렇게 외친 것은 포수를 맡고 있던 오사카였다.

"응? 뭐야, 사인 확인?"

유키가 자세를 풀고 배터 박스에서 나왔다.

그 사이 오사카는 마스크를 벗고 천천히 이쪽을 향해 걸어왔다.

오사카는 아까 유토가 떨어뜨린 공을 줍더니 여느 때처럼 기세등등한 어조로 입을 열었다.

"승부가 한창인데 한심한 얼굴을 하고 있네."

"……미안."

"뭘 사과하는 거야."

어깨를 으쓱하는 오사카.

"오사카 씨…… 형은 역시 대단해."

유토의 말에 오사카는.

"……."

잠자코 글러브에 아까 주운 공을 넣었다.

"힘내, 유토. 넌 할 수 있어."

한마디만 남긴 그녀가 다시 홈 베이스 쪽으로 돌아갔다.

"……아."

유토는 그 등을 보며 생각했다.

'얼마 만이지……. 힘내라는 말을 들은 게.'

오사카는 아직, 자신이라면 반드시 할 수 있을 거라고 생각해주고 있었다.

"뭐야, 꼴사나운 모습도 못 보여주겠네."

그래.

상대방이 예상보다 좀 더 강했다는 이유로 뭘 새삼스레

겁을 집어먹는 거야.

무모한 도전이라는 사실은 처음부터 알고 있었다. 그럼에도 이기고 싶었다.

그러니 마지막까지 해낸다.

그것뿐이잖아, 지금의 유토가 할 수 있는 건!

'……고집이 있다고, 남자한테는.'

"……후우!"

유토는 눈을 감고 크게 숨을 내쉬었다.

"……좋아."

정신을 차리고 똑바로 포수 쪽을 바라보았다.

오사카가 그것으로 됐다는 듯 작게 고개를 끄덕였다.

그리고 손가락을 두 개를 슬쩍 세웠다.

"……!"

그걸 보고 유토는 순간 놀랐다.

'뭐, 그래. 할 수밖에 없겠지.'

그가 크게 휘둘렀다.

'간다, 형. 이게 널 쓰러뜨릴 비책이다!'

8일 전.

"너도 알고 있겠지만, 평범하게 해선 승산이 없어."

자신이 다니고 있는 고등학교 운동장에 유토를 불러낸 오사카가 그렇게 말했다.

"……역시 그렇겠지."

유토는 한숨을 쉬면서 그렇게 말했다.

이렇게 죽을 각오로 트레이닝해도 결국 10일간의 벼락 치기에 지나지 않았다.

"그러니 조금이라도 이쪽이 이길 가능성을 높이는 거야. 우선 내가 제안하는 형식으로 사용하는 배트를 금속에서 목제로 바꿀 거야."

오사카는 운동부 공용 창고에서 목제 배트를 하나 꺼냈다.

"왜 나무 배트야?"

"그야 금속을 쓰면 유키 녀석을 제압할 수 없을 테니까. 금속은 무게도 가볍지만 배트의 무게 중심이 훨씬 넓어."

"아, 그렇구나."

배트의 무게 중심이란 맞았을 때 가장 공이 잘 날아갈 수 있는 장소를 말한다.

나무 배트와 금속 배트는 그 범위가 완전히 달랐다.

"그뿐만 아니라 금속은 무게 중심을 놓고 봐도 히트성 높은 타격이 되는 경우가 많아. 물론 배트에 맞추지도 못하는 공을 던지면 문제없겠지만…… 그건 무리겠지. 겨우 열흘 만에 스트레이트만으로, 엄청나게 강한 그 녀석이

헛스윙하게 만들 정도의 공을 던지는 건."

"……역시 무리일까?"

"전에 들은 건데 유키 녀석은 초등학교 2학년 때부터 거의 매일 배팅 센터에서 150킬로미터의 공을 타석에서 두 발 앞으로 나와 치는 연습을 했다고 하니까. 칠 수 있게 된 건 고학년이 되고 난 뒤부터라고 하지만."

아니, 초등학생 때 쳤던 거냐고.

저도 모르게 태클이 나오고 말았다.

"그러니까 나무 배트로 해달라고 할게. 배트에 맞아도 히트가 잘 되지 않는 나무로 말야."

"그렇구나……."

"그걸로 첫 타석 정도는 이전 네 공과의 구속 차이로 어떻게든 되겠지."

"문제는 그 후에 어떻게 하느냐네."

유토의 말에 고개를 끄덕이는 오사카.

"그 비책이 바로 이거야."

오사카는 손에 들고 있던 공을 쥐어 보였다.

그 쥐는 법은 보통의 스트레이트로 잡는 법과 거의 같았지만, 아주 조금 달랐다.

공을 위에서 받치는 검지와 중지의 폭이 조금 넓었다. 그리고 두 손가락 모두 공의 솔기를 따라 걸쳐져 있다.

"현대의 마구(魔球) '투심'이야."

"'투심'……?"

야구를 잘 모르는 유토는 고개를 갸우뚱했다.

"뭐, 대략적으로 얘기하면 평소 스트레이트와 아주 조금 다르게 쥔 채 똑같이 있는 힘껏 던지면 미세하게 공이 변화하는 거야. 해봐."

유토는 오사카에게 공을 받아 벽치기가 가능한 벽 앞에 섰다.

"……으음, 손가락을 벌려서 솔기에 걸치고."

오사카가 시키는 대로 공을 잡고 평소와 마찬가지로 똑바로 팔을 휘둘렀다.

"앗, 볼이다."

익숙하지 않은 방법으로 쥐고 던진 탓인지 공은 스트라이크존에서 상당히 벗어난 쪽으로 날아갔다.

하지만.

"오, 진짜네! 휘면서 떨어졌어!"

던진 공은 확실히 대각선 왼쪽 아래로 변화한 것이다.

"……굉장히 조금이지만."

그랬다. 변화는 했지만 정말 조금이었다. 몇 센티미터 휘었을까 한 정도로.

그리고 조금 변화하는 만큼 공의 속도도 스트레이트보다는 약간 느렸다.

이 정도로 유키가 헛스윙을 하게 만드는 것은 무리였

다. 오히려 이게 배트에 더 잘 맞지 않을까?

"그 부분을 노린 거야. 조금밖에 휘어지지 않는 것 말이지. 공을 치기 직전에 미세하게 휘게 되면 어떻게 될 것 같아?"

"……아, 그렇구나. 맞추려고 한 장소, 그러니까 배트의 무게 중심과 어긋나."

"맞아! 무게 중심이 더 좁은 나무 배트로 맞추면 잘못 칠 가능성이 상당히 높아져. 어차피 헛스윙을 하게 만들 순 없으니까 상대가 조금이라도 실수할 가능성을 높이는 거야."

'……결국 완성까지는 못했었지.'

유토는 투구 모션에 들어가면서 그런 생각을 했다.

쥐는 법은 '투심'. 형을 쓰러뜨리기 위한 비책이다.

그러나 끝내 실전까지 완성하지는 못했다.

공 자체는 유토가 던지던 방법과 잘 맞았던 것인지 꽤 잘 휘어졌지만, 도무지 스트라이크에 들어가지 않았던 것이다.

그래서 오사카와 상의해서 가능하면 사용하지 않고 남겨두려고 했는데.

'뭐, 애초에 아무런 리스크 없이 이길 수 있는 상대가 아니었다는 거겠지.'

내딛은 유토의 앞발이 땅에 닿았다.

연습에서의 성공률은 대체로 10구에 1구.

그 1구를 지금 보여주겠어.

"하앗!"

기합과 함께 팔을 휘둘렀다.

날아간 공은 조금 전까지의 스트레이트와 같은 궤도를 그리는가 싶더니.

'……좋았어!'

제대로 스트라이크존 정중앙보다 조금 높은 곳을 향해 나아갔다.

배터인 유키가 히죽 입꼬리를 올렸다.

홈런을 치기 가장 쉬운 곳에 대놓고 던져진 공. 심지어 조금 전의 공보다 속도도 느렸다.

실투라고 생각했을 것이다.

"받았다!"

유키는 그렇게 외치며 날카롭게 풀스윙을 했지만, 퍽, 하는 약간 둔탁한 소리가 났다.

"?!"

유키가 친 공은 데굴데굴 힘없이 내야로 굴러갔다.

수비가 있으면 평범하게 아웃했을 타구였다.

"좋았어!"

유토가 승리의 포즈를 취했다.

마침내 형에게서 제대로 된 원 아웃을 받아낸 것이다.

포수를 하고 있는 오사카도 포수 미트를 차고 있지 않은 쪽의 손을 작게 움켜쥐고 있었다.

"……"

유키는 잠자코 배트를 바라보았다.

유토는 그런 유키 쪽으로 걸어가더니 글러브를 내밀며 말한다.

"받아, 형. 공수 교대야."

◇

형제 대결도 드디어 후반.

남은 것은 유토의 공격 두 번과 유키의 공격 한 번뿐이었다.

유토는 두 번째로 타석에 들어서면서 생각했다.

'형의 공격은 앞으로 한 번. 어쩌면 아까 그걸로 투심을 들켰을지도 모르지만 한 타석뿐이라면 막을 수 있을 가능성은 충분해.'

물론 높든 낮든 가능성은 낮았다.

하지만 야구는 일류 프로에서도 타율 3할이라고 알려진

경기다. 물론 유토의 공은 프로의 공과는 비교할 수 없으니 더 때리기 쉽겠지만 그래도 실수할 가능성은 있는 것이다.

"남은 건 형의 공을 쳐내는 것, 인가."

물론 피칭뿐 아니라 배팅에서도 형에 대한 비책은 준비되어 있었다.

어쨌든 형의 타력에 제한을 주기 위해 치기 어려운 나무 배트를 쓴 것이다. 당연히 그 난점은 유토에게도 영향을 미쳤다.

평범하게 치려고 해도 치는 것은 불가능에 가까웠다.

그러니 승부는 1구에서 내야 했다.

형이 가장 잘하는 공.

몸쪽을 낮추고 아웃로우 스트레이트를 노린다.

형은 프로도 울고 갈 정도의 초정밀 컨트롤을 살린 그 공을 자주 던진다.

가장 치기 어려운 곳으로 던져지는 그 스트레이트는 확실히 치기 어려운 공이긴 하지만 한 가지 약점이 있다.

유키의 공은 너무나 정확하다.

완벽한 컨트롤로 같은 코스로 날아오기 때문에 홈 베이스의 같은 장소를 통과하는 것이다.

홈런을 치는 것은 불가능하지만 이번 게임은 히트만 해도 괜찮았다.

그러니까 완전히 아웃로우 스트레이트만을 노려 그곳에 배트를 대면 된다.

게다가 유토는 배팅 연습 당시 모두 아웃로우 공을 치는 데 쓰고 있었다.

모든 것은 형을 쓰러뜨리기 위해서.

'……그러기 위해서는 한 번 더, 아니, 가능하면 2번 더 아웃로우 스트레이트를 보고 싶어. 그걸로 타이밍과 코스를 잡는다.'

유토가 그렇게 생각했을 때.

"이봐, 유토!"

마운드 쪽에서 형이 말을 걸어왔다.

"뭐야?"

"정말 대단하네……. 나 지금 핀치야, 진짜로."

그의 표정과 말투는 지금까지 보인 즐거운, 그야말로 어린아이를 대하듯 놀아주던 태도와는 달리 진지했다.

"유토 말야, 엄청 열심히 했지? 이렇게 단기간에 이만큼이나 좋아진 걸 보면 말야. 아까 그 투심도 좋은 공이었어."

그리고 공을 든 손을 이쪽으로 내밀며 말했다.

"……그렇다면 나도 진심으로 임해야겠네."

너에게 지지 않겠다. 그런 강한 의지가 담긴 눈빛이 유토를 날카롭게 직시했다.

"……."

그런 형을 보고 유토는.

'……어라?'

어느새 그 눈에서 눈물을 한 방울 흘리고 있었다.

"……아, 그렇구나. 나는 계속."

계속 형이 그런 눈빛을 보여줬으면 했던 거야.

'맞아, 형. 난, 나는…….'

난 형한테 대등한 상대로서.

연약하고 걱정만 끼치는 동생이 아니라 한 명의 남자로서 인정받고 싶었다.

그리고 지금 형은 자신을 쓰러뜨려야 할 상대로서 마주보고 있었다.

……아아, 기쁘다. 이보다 더 기쁠 수는 없을 거다.

유토가 배트를 잡았다.

"……얼마든지."

똑바로 형을 바라보았다.

"자아, 와라! 유키 유스케!"

"그래. 진심으로 간다, 유키 유토."

유키가 투구 모션에 들어갔다.

그리고 던져진 공은.

파악!

하고 외각으로 낮게 박혔다.

속도도 예리함도, 무엇보다 공에 담긴 기백이 조금 전까지와는 차원이 달랐다.

'……이게 형의 진심인가!'

유토가 노리고 있는 공이었음에도, 진심을 담아 던져진 유키의 아웃로우 스트레이트는 완전히 그 수준이 달랐다.

배트에 맞춰 앞으로 날리는 이미지가 떠오르지 않았다.

"나랑 아빠가 목표로 했던 건 스트레이트의 예리함과 컨트롤만으로 승부할 수 있는 피처였어."

유키는 오사카의 타구를 받아들고 다시 투구 모션에 들어갔다.

"그래서 진심으로 할 때는 변화구를 거의 사용하지 않아."

다시 던져진 공은 방금과 조금도 다르지 않은 똑같은 아웃로우.

"윽!"

이번에도 유토는 움직이지 못했다.

"한 프로야구 선수가 이렇게 말했지. 진정한 아웃로우 스트레이트는 맞힐 수 없다고. 나도 그렇게 생각해. 복잡하게 생각하지 않고 확실하게 팔을 휘둘러 던지는 외각 로우 스트레이트는……."

3구째.

유키의 팔이 휘어졌다.

"최강의 마구다."

세 번째 공도 아웃로우.

오늘 여러 번 본 궤도다.

하지만 무시무시한 기세와 힘. 아까 순간적으로 칠 수 없을 것 같다고 생각한 그 공이었다.

'하지만 친다!'

이기려면 이것밖에 없어! 이걸 위해 준비해온 거니까!

"오오!"

유토가 있는 힘껏 배트를 휘둘렀다.

공을 정확히 눈으로 포착하지는 못했다.

하지만 매일 같은 코스를 치는 연습을 해왔기 때문일까.

손이 자연스럽게 공을 잡는 움직임을 취하고 있었다.

유토의 배트가 공을 잡았다.

'……좋아!'

확실히 손에 전해지는 미트의 감촉.

하지만.

"?!"

퍼억!

배트를 든 유토의 손에 강한 충격이 엄습했다.

"윽?!"

그리고 공은 데굴데굴 힘없이 포수 앞으로 굴렀다.

"그치? 못 치겠지?"

유키는 당당하게 마운드에 올라선 채 그렇게 말했다.

'……아파.'

지금 한 구를 배트에 맞혔을 뿐인데 손이 새빨갛게 변했다.

게다가 뼈까지 욱신거렸다.

역시 유키는 대단하다. 무서운 상대다.

하지만.

유토는 아픈 손을 꼭 쥐고 똑바로 유키를 바라본다.

"나이스볼, 형. 하지만 아직 0 대 0이야."

"그래, 이번 판으로 승부가 나겠네."

유토와 유키는 서로에게 다가가 글러브와 배트를 상대에게 건네주었다.

'……솔직히 쓸 수 있는 수는 다 썼어.'

유토는 마운드를 고르게 만들며 생각했다.

유키를 쓰러뜨리기 위해 준비한 비책은 모두 다 내보이고 말았다.

투심은 이미 들켰고 아웃로우도 남은 한 번으로 칠 수 있느냐 하면 어려울 것이다.

하지만 포기하지 않았다.

지금 가진 무기를 남김없이 사용하여 끝까지 맞설 것이다.

"……좋은 눈빛이네, 유토 녀석."

유키가 느닷없이 그런 말을 했다.

그리고 배터 박스에 들어가더니.

"저기…… 하나 물어봐도 될까?"

이쪽을 향해 그런 말을 해온다.

"뭐야?"

"'이기면 코토리를 받겠다'고 한 거 말인데, 그거 진심이야?"

"……."

아, 그러고 보니 그랬었지.

스스로 말을 꺼내놓고는 그런 생각을 했다.

"뭐, 이기면 코토리에게 고백하는 것 정도라면 괜찮겠지만…… 아니, 사실 딱히 괜찮진 않지."

"……아니, 응. 그건 이제 됐어."

유토는 고개를 저었다.

코토리를 좋아하는 건 사실이다. 솔직히 말해 사귈 수 있다면 사귀고 싶다.

하지만 지금은 단지…….

"그런 것보다 난…… 이 승부에서 형을 이기고 싶어."

그거면 충분하다. 그것만이 지금 이 순간 가장 바라는 것이었다.

"그래……."

유키가 살짝 미소 지었다.

승부가 시작됐을 때의 즐거움이 잠긴 미소가 아닌, 기

뺨을 곱씹는 듯한 그런 미소였다.

　그리고.

　"나도 말야…… 야구를 그만두기 전에는 언젠가 너와 이런 진지한 승부를 할 수 있지 않을까 생각했었어."

　"형……."

　"……정말로 성장했구나, 유토."

　유키가 배트를 휘둘렀다.

　"좋아! 와라!"

　"……오!"

　유토는 크게 휘둘러 혼신의 힘을 다한 공을 던졌다.

◇

　"정말 즐거웠어. 또 하자 유토."

　유키는 그렇게 말하고는 운동장을 떠났다.

　'……졌다.'

　유토는 운동장 위 타석에 벌러덩 누워 있었다.

　마지막 판.

　유키는 유토의 투심을 멋지게 펜스까지 날려 보냈고, 투구에서는 3구 모두 아웃로우 스트레이트라는, 잔재주 일절 없는 투구로 유토를 3구 삼진으로 잡아냈다.

　역시 마지막에는 압도적인 실력 차가 모든 것을 말해주었다.

하지만 그래도 유토는 기죽지 않고 정면으로 맞섰다.

도망가는 투구는 하지 않았고, 배팅은 모두 있는 힘을 다해 스윙했다.

지금 있는 사력을 다했다.

그것만큼은 확실하게 말할 수 있었다.

유토는 천천히 몸을 일으켰다.

"……하지만 결국 졌네."

진 것은 진 것이다.

노력상이라든가 감투상 같은 걸 원했던 것이 아니다.

이기고 싶었다.

정말로 단순히 이기고 싶었다.

"하하, 노력했지만 아무것도 변하지 않았네."

"아니야."

그렇게 중얼거린 위로 목소리가 들려왔다.

포수용 보호구를 벗은 오사카가 거기에 서 있었다.

여느 때처럼 기세등등하게 팔짱을 낀 채 서 있다.

그러나 이번에는 그 팔짱 낀 팔을 풀더니 천천히 유토 앞에 쭈그리고 앉았다.

"온 힘을 다해 도전하고 겪은 패배는 단순한 패배가 아냐. 큰 '전진'이지."

이어서 보드랍고 따뜻한 체온이 유토의 몸을 감쌌다.

오사카가 유토를 끌어안은 것이다.

단련되어 있긴 하지만 그럼에도 여자아이의 부드러움이

느껴졌다. 그리고 약간 땀이 섞인 오사카의 부드러운 냄새가 났다.

"……억울해?"

"……응. 엄청."

한 번도 들어보지 못한 오사카의 부드러운 목소리에 눈시울이 뜨거워졌다.

"그럼 넌 괜찮아. 분명 앞으로도 열심히 할 수 있어. 앞으로 나아갈 수 있어. 한 걸음 한 걸음 나아가다 보면 언젠가 반드시 유스케에게도 지지 않는 남자가 돼 있을 거야."

오사카의 손이 부드럽게 머리를 쓰다듬었다.

뭐야…… 왜 이럴 때만 다정한 거야.

"일단…… 애썼어, 유토. 다시 봤어."

"……흑."

더는 참지 못했다.

유토는 쏟아지는 억울한 눈물을 더는 멈출 수 없었다.

이렇게 펑펑 울다니, 한심하기 그지없다.

하지만 신기하게도.

그 눈물은 12일 전 혼자 방에서 흘린 눈물보다 훨씬 더 개운한 눈물이었다.

제5화   오사카의 마지막 승부

"……온 힘을 다해 도전하고 겪은 패배는 단순한 패배가 아니다…… 라."

오사카 나오코는 펑펑 운 유토에게 점심을 사준 뒤 홀로 유키의 집을 향해 걷고 있었다.

사실 오후부터 육상부 동아리 활동이 있는데 오늘은 빼먹을 생각이었다.

동아리 활동을 쉬는 것은 고등학교에 입학한 후 처음이었다. 아니, 심지어 중학교 때부터 세어 봐도 지금까지 딱 한 번뿐이었다. 39도의 열이 나고 있을 때에도 나가려다 어머니의 만류로 나가지 못했다.

그만큼 육상은 오사카에게는 열정을 쏟아부을 수 있는 것이었다.

하지만 그것을 쉬어서라도 해야 할 일이 있었다

"그런 말을 해놓고 내가 나아가지 못하면 한심하잖아."

오사카는 유키의 집에 도착해 초인종을 울렸다.

"네에, 아니, 어? 오사카잖아, 무슨 일이야?"

안에서 나온 것은 유키였다.

운동 후 샤워를 한 것인지 머리가 살짝 젖어 있다.

아마 집에는 지금 유키밖에 없는 것 같았다.

뭐, 그건 이미 알고 있었다. 유토는 아직 혼자 어딘가에 있을 것이고 아사코와 코토리는 함께 외출했다고 들었다.

"아, 맞다. 유토 일 말인데, 고마워."

오사카가 다음 말을 하기도 전에 유키가 그런 말을 해왔다.

"무슨 뜻이야?"

"그 녀석이 애쓸 동안 서포트 해줬다며? 겨우 열흘 만에 유토를 저렇게까지 움직일 수 있게 만들다니 역시 오사카네."

"흥. 열심히 한 건 그 녀석이지."

"그렇다고 해도. 덕분에 야구할 때 남았던 미련도 없어졌어. 정말로 고마워. 뭔가 내가 해줄 수 있는 게 있다면 말해줘."

마침 말을 꺼내기 좋은 타이밍이 되어서 오사카가 입을 열었다.

"……너 내일 돌아가는 거지?"

"응? 아아, 그렇긴 한데."

"그럼 지금부터 같이 좀 가줘. 소꿉친구의 정을 생각해서 말야."

◇

오사카가 유키와 함께 향한 곳은 집 근처에 있는 초등

학교였다.

"우와, 이게 얼마 만이야."

유키가 감탄하며 그렇게 말했다.

"나도 오랜만에 좀 와보고 싶어졌거든. 기왕이면 옛 친구가 같이 있어주는 편이 더 좋지 않겠어?"

오사카가 그렇게 말했다.

실제로는 유키 일행이 집에 온 다음 날 오사카는 이곳에 왔었다.

그렇다고는 해도 "얼마 전 네 여자친구를 여기 교사 뒤편으로 불러내서 너랑 헤어지라고 협박을 해봤어!"라고는 말할 수 없었기에 그 부분에선 조금 거짓말을 보탰다.

열린 교문을 지나 두 사람은 학교 부지 안으로 들어갔다.

"그나저나 정말 폐교됐구나……."

"……마침 네가 나간 해에 말이지."

저출산과 도시 지역으로의 인구 집중, 그로 인한 지방의 축소화가 진행되는 요즘.

이 지역도 그 영향에서는 벗어날 수 없었다. 결국 조금 멀리 있는 다른 초등학교와 통합되어 사용하지 않게 된 교사와 부지만 덩그러니 남았다.

하지만 그 정도로 오랜 시간 쓰이지 않았던 것은 아닌지라 설비 자체는 아직 꽤 깨끗했다.

"아, 저거 봐, 오사카. 저 그네. 그러고 보니 저기서 얼마나 멀리 신발을 던질 수 있느냐 하는 승부가 반에서 한때 유행했었지."

유키가 교정 한편에 있는 그네를 가리키며 말했다.

"그러고 보니 그런 일도 있었지. 나는 안 꼈지만."

"……뭐, 나도."

오사카의 반응에 이 화제로는 더 이야기를 이어갈 수 없다고 생각한 것인지 유키도 그 이상 말을 잇지 않았다.

오사카도 유키도 많은 이야기를 할 수 있을 정도로 학교에 대한 추억담을 갖고 있지 않기 때문이다.

유키는 야구, 오사카는 모든 교과목에서 1등을 하는 것, 각자 목표가 있었기에 한눈팔지 않고 계속 노력해왔으니까.

아무래도 주위에서는 붕 뜬 존재가 될 수밖에.

그러니까.

"역시 너와 난 서로 닮은 동지였어."

오사카는 그렇게 말하며 유키 쪽을 힐끗 쳐다보았다.

"듣고 보니 정말 그런 것 같네. 아직도 기억나. 운동회 때 오사카가 남자들을 추월했던 거. 시험에서도 자주 만점을 받아서 선생님께 칭찬을 많이 받았고 말야."

"나도 기억해. 학교 체육에서 소프트볼을 했을 때 네가 16연속 삼진을 잡아서 경기가 안 된다고 피처에서 빠졌던 건 상당히 충격적이었지."

"……뭐, 다른 종목일 땐 오히려 몸을 쉬게 하려고 대충했는데 야구가 되면 도저히 힘이 안 빠져서. 무실점을 이어가다가 교사가 '분위기 좀 파악해라!'라고 했을 때는 놀랐어. 그땐 왜 혼났는지 몰랐는데."

그런 얘기를 하면서 부지 안으로 들어간 두 사람은 1층 교실 창문 앞까지 왔다.

"좋아."

오사카는 익숙한 동작으로 교실 창문을 드르륵 열었다.

"자, 들어가자."

"어? 괜찮아? 그보다 열려 있네?"

"어차피 더는 훔칠 물건은 없을 테니까 괜찮지 않을까?"

오사카가 그렇게 말하더니 안으로 들어갔다.

"……뭐, 가끔은 이런 것도 좋겠지."

유키도 그 뒤를 이어 문틀을 넘어 들어갔다.

학교 건물 안도 그리 적적한 분위기는 아니었다.

이따금씩 청소하고 있는 것인지 오히려 매일 학생이 드나드는 여타 교사보다 깨끗할 정도였다. 먼지 냄새도 그다지 나지 않는다.

그러나 책상이나 의자 등의 비품은 대부분 사라져 있었다.

"넓구나……. 책상이랑 교탁이 없는 교실은."

유키가 그런 말을 중얼거렸다.

유키 일행이 들어간 교실은 2학년 때 쓰던 교실이었다.

그때는 비좁다는 느낌을 받았었는데, 이렇게 아무것도 없는 상태를 보니 꽤 널찍했다.

"그러게……. 하지만 우리도 많이 컸어. 넌 이제 조금만 점프하면 문틀 위쪽에 부딪힐 것 같아."

"아, 진짜네. 이렇게 낮았었구나. 그리고 보니 키가 큰 선생님은 조금 굽히면서 들어온 것 같기도 하고……."

그런 말을 하며 문 가장자리를 손으로 만져보는 유키.

'……자, 그럼.'

추억담으로 이야기꽃을 피우는 것도 좋지만 원래 목적으로 넘어가자.

오사카는 교실을 나와 복도를 걸어갔다.

유키도 그 뒤를 따랐다.

그렇게 향한 곳은…….

"……보건실?"

유키가 의아한 얼굴로 고개를 갸우뚱했다.

오사카는 그 모습에 조금 화가 날 뻔했지만 문을 열고 안으로 들어갔다.

보건실 안은 약품류와 인체 모형 등의 비품은 사라진 채였지만 침대와 약품이 들어 있던 선반, 보건 선생님이 쓰시던 책상과 파이프 의자는 그대로 남아 있었다.

"저기, 여기는 왜 들어온 거야? 뭔가 추억이 있는 장소였어?"

유키가 그런 것을 물어왔다.

"……그래, 역시 너는."

오사카는 그렇게 중얼거렸다.

그리고 침대 앞에 서서 침대를 손으로 만져보았다.

옛날과 달리 흰색 시트가 놓이지 않은 상태라 촉감은 조금 거칠거칠했다.

"……나랑 네가."

오사카는 천천히 입을 열었다.

"처음 제대로 얘기했던 곳이 바로 여기야."

유키는 입을 조금 벌린 채 시선을 비스듬히 하며 '그랬나?' 하는 표정을 지었다.

"집은 근처고 부모들끼리는 많이 어울렸는데…… 정작 우린 어렸을 때 전혀 대화를 안 했었잖아?"

"아, 그러고 보니 그랬지. 언제부턴가 평범하게 대화했지만."

"그 계기가 바로 여기야."

오사카는 지금도 기억하고 있다.

초등학교 4학년 때의 일이다.

당시부터 매사에 늘 톱을 목표로 노력했다.

그래서 흘러가는 대로 적당히 살아가는 동급생들을 도무지 같은 인간으로 생각할 수가 없었다.

동급생은 '인생을 헛되이 살아가는 시골 바보 원숭이'. 그리고 학교라는 곳은 그런 원숭이들이 모인 동물원 같은 것이다. 그런 생각을 갖고 있었다.

남을 깔보는 그런 사고방식은 태도에도 배어 일부 학생들에게서도 반감을 사게 됐다.

하지만 머리도 좋고 운동 신경도 뛰어나 교사들의 평가도 높았고, 무엇보다 당시에는 외모도 키도 완전히 남자다웠던 오사카를 대놓고 따돌릴 수 있는 아이들은 없었기에 가끔가다 소소한 괴롭힘을 당하는 정도였다.

어느 날 체육에서 축구를 하고 있을 때 드리블을 하고 있는 오사카를 향해 아군이 발을 걸어왔다.

오사카는 크게 넘어지며 무릎이 까지고 말았다.

뭐, 그렇다고 해도 피가 좀 난 정도였다. 오사카는 그대로 시합을 속행해 멋지게 골을 넣었지만 교사에게 "보건실에 다녀와라"라는 말을 들었다.

뭐야, 겨우 이 정도 상처로.

그런 생각을 했지만 굳이 반항할 일도 아니어서 얌전히 따랐다.

'……쯧, 저 여자는 먼저 선생님 눈에 찍히게 만든 다음 교실 안에서 찍소리도 못하게 해주겠어.'

이 정도의 괴롭힘은 몇 번이나 경험이 끝난 상태였다. 그러한 상대를 '처리하는' 방법도 터득한 오사카는 속으로 그런 생각을 하면서 보건실로 향했다.

"뭐야, 선생님도 없잖아."

아직 여성스러움을 연구하기 전이었던 오사카는 완전히 남자아이 같은 말투로 그렇게 중얼거렸다.

보건실엔 아무도 없었다.

늘 한가해 보이는 보건 선생님은 어딘가에 가 있을 것이다.

그때였다.

"……어, 선생님 없어?"

동급생 남자가 보건실로 들어왔다.

"아…… 너는."

오사카는 그 남자의 이름을 알고 있었다.

유키 유스케.

근처에 사는 남자아이다.

하지만 이때의 오사카는 유키에 대해서 이름과 얼굴,

그밖엔 야구를 하고 있다는 것 정도밖에 몰랐다.

"아니, 너 피 엄청 나잖아?!"

유키의 팔꿈치는 화려하게 찢어져 있었다. 오사카의 부상과는 비교할 수 없을 정도로 피가 철철 흐르고 있다.

"어쩌지. 보건 선생님은 교무실에 있나?"

"별거 아니야."

유키는 그렇게 말하고는 알아서 수도에서 상처를 씻었다.

그리고 익숙한 몸짓으로 책상에 놓여 있던 소독액을 거즈에 묻히고는.

피부가 벗겨져 붉어진 부분에 인정사정없이 들이댔다.

"으아……."

저거 분명 엄청나게 따끔거릴 텐데.

하지만 유키는.

"……후우."

하고 한숨을 내쉬었을 뿐이었다.

그리고 아무 일도 없었다는 듯이 또 하나의 거즈를 상처에 대고 테이프를 사용하여 그것을 고정했다.

그리고 오사카의 다리에 눈길을 주었다.

"응? 너도 까졌어?"

"어? 아아. 맞아."

"……그래. 그럼 우선 상처 먼저 씻어. 자."

유키는 그렇게 말하고 수도꼭지를 틀어 물을 내보냈다.

"아, 으응."

오사카는 시키는 대로 까진 무릎을 물로 씻었다.

"자, 침대에 앉아봐."

상처를 다 씻자 유키가 침대를 가리켰다.

"……."

오사카는 누군가에게 지시받는 것을 싫어했다. 하지만 이때만큼은 어째서인지 유키의 말에 따르고 있었다.

그리고 유키는 자신에게 했던 것과 마찬가지로 소독액을 묻힌 거즈를 오사카의 상처에 가져갔다.

"으윽……!"

아니나 다를까 상당히 아프다.

하지만 아까 눈앞의 남자는 얼굴색 하나 바꾸지 않고 해치웠다.

아프다는 둥 따끔거린다는 둥 시끄럽게 굴면 자신이 지는 것이다.

"흐읍!"

오사카는 이를 악물고 미동도 하지 않은 채 버텼다.

"……."

"……뭐야, 왜 그렇게 빤히 보는데."

"역시 대단하네, 오사카."

갑자기 유키가 그런 말을 해왔다.

"이름……."

"알고 있어. 뭘 해도 눈에 띄니까, 오사카는. 역시 평소에 기합이 들어간 녀석은 인내심도 강하구나."

유키는 응급 처치를 마치고는 천천히 일어섰다.

"뭐…… 서로 힘내자고."

유키는 그것만 말하고 보건실을 나갔다.

"……."

남겨진 오사카는 거즈가 닿은 무릎을 만졌다.

아주 조금 온기가 느껴진 것 같았다.

◇

"아, 그러고 보니 그런 일도 있었던 것 같네."

오사카의 이야기를 듣고 유키는 그런 말을 했다.

희미하게 기억에 남아 있다는 느낌이었다.

'그렇지…… 네게 있어선 딱 그 정도겠지…….'

이것이 바로 자신과 이 남자가 가진 마음의 차이였다.

오사카는 유키를 이성으로 보고 있지만 유키는 오사카를 이성으로 보고 있지 않다.

지금부터 그 차이를 메워버릴 것이다.

"그건 그렇고 새삼스럽긴 한데, 고등학교 간 뒤에 완전히 바뀐 거 아냐? 전에는 머리도 짧고 말투도 완전 남자애 같았는데. 카나시마 녀석은 오사카 널 5학년까지 진짜 남자라고 생각했을 정도니까."

가볍게 옛날이야기를 시작하는 유키.

그런 눈앞의 둔감남을 향해 오사카가 말했다.

"……그렇지, 네가 날 돌아보게 만들고 싶었으니까."

"어?"

자신이 들은 말을 미처 이해하지 못한 것인지 순간 몸을 굳힌 유키.

오사카는 그런 유키의 옷깃을 잡아 자신 쪽으로 끌어당겼다.

"어? 뭐야?"

오사카는 그대로 당황하는 유키를.

"흡!"

"끄억?!"

자신과 함께 쓰러지듯 침대 위로 밀어 넘어뜨렸다.

"……대체, 갑자기 왜 그래?"

"……."

"저기…… 진짜로 왜 그러는데? 무슨 일 있어?"

"……."

"……이봐, 오사카 씨."

"지금 말했잖아."

오사카는 유키 위에 올라탄 채 말했다.

"나는 네가 돌아보게 만들기 위해 여자다움을 갈고닦았어."

"……."

"난 너를 좋아해. 이성으로서 말이야."

"……진짜?"

유키는 생각지도 못했다는 얼굴로 이쪽을 바라보았다.

"그래, 계속 좋아했어. 초등학교 때부터. 중학교 때 야구부 도우미로 시합에 나간 걸 본 뒤로는 꽤 진심으로. 좋아해. 나는 유키 유스케를 좋아해."

"……그래, 그랬구나. 미안해, 내가 그런 거에 좀 둔해서."

유키는 그렇게 말하면서 머리를 조금 긁적였다.

"근데 미안해. 나에겐 이미 코토리가……."

"알고 있어, 그런 건."

맞아. 그런 건 이미 알고 있다.

이건 시작부터 패전이다.

하지만 전력으로 싸우지 않고 끝낸다는 것은 오사카 나오코의 자존심이 허락하지 않는다.

쓸 수 있는 건 다 쓸 것이다.

"그러니까 걔랑 헤어지고 나랑 사귀자는 거야."

"너, 무슨 말도 안 되는……."

유키가 채 말하기도 전에.

오사카는 자신의 겉옷에 손을 올리고 시원하게 벗어 던

졌다.

드러나는 검은 속옷과 또래에 비해 크기도 모양도 빼어난 풍만한 가슴.

"으헉?!"

놀라서 소리를 지르는 유키.

"만약 나랑 사귄다면 이 가슴 만져도 돼."

"무슨 소리야, 대체?!"

"아니, 아예 이 자리에서 내 순결을 뺏어도 좋아."

"진짜로 뭐라는 거야?! 좀 더 본인 몸을 소중히……."

소리치는 유키의 안면을 향해 벗은 상의 주머니에서 꺼낸 것을 던졌다.

그것은 찰싹, 하고 유키의 이마에 달라붙듯 직격했다.

"뭐야…… 아니, 이거 콘○이잖아?!"

"피임은 확실히 할 거야. 난 운동선수니까. 말 안 해도 몸은 소중히 할 거야."

그랬다. 쓸 수 있는 건 다 쓸 것이다. 여자도 쓸 수 있다.

어떠냐, 유키 유스케. 내 몸이 매력적이지 않아?

건강한 갈색 피부에 나올 곳은 나오고 들어갈 곳은 들어간 완벽한 바디라인.

매일 아침 거울 앞에서 자신조차 홀딱 반할 정도다.

사춘기의 남자에게는 참기 힘들 것이다.

자, 어서 짐승처럼 덤벼들어!

"······."

"······."

유키는 말없이 오사카의 눈을 바라보았다.

오사카도 유키를 똑바로 바라보았다.

두 사람의 얼굴 거리는 조금만 더 가까워지면 키스할 수 있을 정도였다.

침묵 속에서 시곗바늘 소리만이 들려왔다. 오래된 창문이 바깥의 찬바람에 덜컹덜컹 소리를 냈다.

유키의 희미한 땀냄새와 침대에서 나는 약간의 먼지 냄새가 뒤섞여 비강을 간지럽혔다.

유키의 두 손목을 누르고 있는 자신의 손에서 땀이 배어 나왔다.

실내는 분명 추울 텐데 심장은 쿵쾅거리고 온몸이 뜨거웠다.

올라타고 있는 유키의 몸은 야구를 그만뒀음에도 두껍고 골격도 단단해서 역시 남자라는 것을 실감했다.

그리고······.

"······미안해, 오사카. 난 코토리가 있어서 너와는 사귈 수 없어."

오사카 나오코의 마지막 공세는 싱거울 정도로 이 남자에게 먹히지 않았다.

유키가 양손에 힘을 주자 오사카의 손은 쉽게 풀려버

렸다.

그리고 유키는 오사카의 몸을 양손으로 부드럽게 들어올려 침대 가장자리에 앉혀두고 본인은 일어섰다.

"자, 감기 걸려."

유키가 오사카의 상의를 내밀었다.

"……왜."

"어?"

"왜 나는 안 되는 건데!"

오사카는 감정이 북받쳐 그렇게 외쳤다.

"확실히 네 여자친구는 미인이야. 하지만 나도 미인이고 공부도 운동도 내가 훨씬 더 잘해! 학교 안의 남자들은 모두 나랑 사귀고 싶어 하고, 가슴도 내 쪽이 더 크다고!"

말만 들으면 실로 오만한 대사였지만, 무엇 하나 거짓 없는 객관적인 평가이기도 했다.

정말 자신은 그런 여자였다. 그렇게 되기 위해 노력했고 여자다움도 갈고닦았다.

그런데, 그런데 왜…….

"왜냐니…… 내가 코토리를 사랑하기로 결정했으니까."

유키는 확실한 어조로 단언했다.

"특별히 누가 더 미인이라거나, 스타일이 좋다거나, 뭘 더 잘하기 때문이라거나…… 그런 이유가 아니야."

'……아. 그건.'

그 말은.

"난 코토리만을 사랑하기로 결정했어. 내가 정한 거야. 그러니까 비교할 수 없어."

"......"

똑같아.

그 여자가 일전 자신에게 했던 말과 똑같았다.

비교할 수 없다. 눈앞의 상대를 사랑하기로 결정했으니까 사랑하는 것이다.

유키도 코토리도 서로에 대해 그런 생각을 갖고 있었다.

"아니, 물론 난 코토리의 외모도 세계 제일로 좋아하지만."

유키는 약간 쑥스러운 듯 그렇게 말했다.

그런 점도 코토리와 같았다.

"......어이없어."

오사카는 그 한마디만을 중얼거렸다.

그리고 유키의 손에서 겉옷을 낚아채 침대에서 일어났다.

"......후우. 번거롭게 여기까지 오게 해서 미안했어."

"아니, 나도 그리운 마음이 들어서 즐거웠어."

오사카가 보건실 문을 열었다.

"여친이랑 행복해……"

"응…… 잠깐, 야, 기다려, 이거 콘ㅇ!"

"줄게. 여친이랑 행복해."

"뭔가 아까랑 뉘앙스가 달라지지 않았어?!"

등 뒤에서 소리치는 유키를 두고 오사카는 보건실을 나섰다.

"……뭐, 알고는 있었지만."

오사카는 복도를 쿵쿵 걸어가며 혼자 중얼거렸다.

"알았다 해도 해보지 않으면 후회가 남잖아."

폐교사를 나와 운동장을 가로질렀다. 부지에서 나온 뒤에도 걸음을 멈추지 않고 나아갔다.

"그러니까 이건 전진이야. 오사카 나오코."

걷고 걸어서.

그렇게 오사카가 도착한 곳은…… 고등학교 운동장이었다.

오사카가 다니고 있는 고등학교다.

"어? 오사카 선배다!"

자신을 무척 잘 따르는, 땋은 머리에 작은 키와는 어울리지 않는 큰 가슴을 가진 후배가 이쪽을 알아보고 손을 흔들었다.

아무래도 딱 100미터 타임을 측정하려던 참인 것 같았다.

"……."

오사카는 말없이 후배가 서 있는 출발선에 섰다.

"아, 선배도 재실래요? 좋아요! 2명 측정 부탁드려요~."

후배는 100미터 앞에 있는 측정 담당에게 손을 흔들며 그렇게 말했다.

그리고 오사카 옆에서 출발 자세를 취했다.

오사카도 옆에 놓여 있던 스타팅 블록을 세팅하고 스타트 자세를 취했다.

"그건 그렇고 오사카 선배가 지각하다니 별일이네요. 아픈 줄 알았는데. 늦잠인가요?"

"……."

"어? 선배."

"……결심했어. 나 퍼스트레이디가 될 거야."

"무슨 소리예요?"

"준비, 시작!"

측정하는 사람의 목소리와 함께 계측이 시작되었다.

오사카는 힘차게 땅을 박찼다.

'……뭐가 '비교할 수 없다'야.'

자기들만의 세계에 젖어서 희희낙락하기는.

지금까지 필사적으로 1등이 되려고 했던 것을 무시하는 것만 같아서 마음에 들지 않았다.

너희들이 하는 말은 도저히 모르겠어.

난 앞으로도 더 스스로를 높여갈 거고, 더 위를 목표로 할 거야.

유키 같은 것보다 훨씬 더 좋은 남자를 만나서 그 여자 따위와는 비교도 안 될 만큼 매력적인 여자가 되어 보이겠어.

"아아아!"

혼신의 힘을 다해 골을 뚫고 나갔다.

"하아…… 하아……."

무릎에 손을 대고 숨을 가다듬는 오사카.

한편 측정을 담당한 부원이 흥분한 얼굴로 말했다.

"……굉장해, 오사카 씨! 신기록이야! 아직 스파이크도 안 신었는데!"

그 말을 듣고 오사카는 작게 웃었다.

'……핫, 봤지. 확실히 전진했다고.'

"와아, 정말 대단하세요, 오사카 선배! 이 정도면 전국 우승도 노려볼 수 있지 않을까요?"

머리를 땋은 후배가 가볍게 생글생글 웃으며 이쪽으로 왔다.

"빨라진 비결 같은 게 있나요? 비밀 특훈이라든가?"

"비결? 글쎄…… 궁금해?"

"네! 궁금해요!"

오사카는 평소처럼 기세등등하게 팔짱을 낀 채 말한다.

"사랑을 하면 돼."

"아니, 무슨 말인지 모르겠는데요?"

◇

그리고 그 시각.

"아사코 씨, 파 껍질 다 뗐어요."

코토리는 아사코의 일을 돕고 있었다.

이 계절에 갓 수확한 파는 가장 바깥 부분이 말라서 보기 좋지 않았다. 그래서 에어드라이어 등을 사용해서 말라붙은 부분을 바람에 날려 외형을 정돈하는 것이다.

코토리도 처음 해봤는데 에어드라이어는 한꺼번에 말라붙은 부분을 날려버릴 수 있어 무척 편리했다.

옛날에는 이걸 맨손으로 했다고 하니 대단한 일이 아닐 수 없다.

"고마워, 코토리."

풀을 뜯던 아사코가 코토리 쪽으로 걸어왔다.

"어머, 너무 깔끔한데? 가게보다 더 깔끔하게 진열돼 있고. 이렇게까지 꼼꼼히 안 해도 되는데."

"저어, 버릇 같은 거라서……."

"유스케의 집은 깨끗하겠구나. 부러워라."

아사코는 그런 말을 했지만 솔직히 코토리 자신도 별로 효율적이지 못한 일이라고 생각했다.

방은 놔두면 더러워지는 법이다. 매일 그렇게 구석구석

깨끗하게 할 필요는 없다.

세밀한 곳은 한 달에 한 번 정도 한꺼번에 처리하는 것이 효율면에서는 훨씬 좋았다. 다만 이런 일은 한번 하기 시작하면 세밀한 부분까지 신경이 쓰이고 마는 것이다.

"그것보다 저는 아사코 씨가 더 대단하다고 생각해요. 쉬지도 않으시고 일을 척척 해내시고……."

"어휴, 정말. 칭찬이 능숙하네. 십만 엔 정도 주고 싶게."

"도, 돈은 좀 더 소중히 하는 편이……."

입에 손을 얹은 채 다른 한 손을 팔랑거리는 아사코를 향해 코토리가 그렇게 말했다.

참고로 빈말이 아니라 진심으로, 오늘 일을 도왔던 코토리는 아사코를 보고 정말 대단하다고 생각했다.

아침부터 거의 쉬지 않고 차례차례 요령껏 일을 해내는 모습은 쉽게 따라할 수 없었다.

본인은 자신을 '학년에서 아래로 세는 게 빨랐던 바보'라고 말했지만, 책상에 앉아 공부하는 것에 서툴렀을 뿐 실제로는 머리가 좋은 사람이 아닐까 생각했다.

그리고 그렇게 하루 종일 묵묵히 일하는 모습은 어딘가 비슷하다고 생각했다.

그래…… 남자친구인 유키가 공부를 하고 있을 때와 닮았다.

외형도 조금 비슷한 점이 있지만, 지금이 가장 '부모와 자식'이라는 느낌이었다.

"다음엔 뭘 도와드리면 될까요?"

"음, 일단 휴식 먼저 할까?"

아사코는 허리에 손을 얹고 몸을 쭉 펴며 그렇게 말했다.

"코토리, 트럭 짐칸에 있는 아이스박스 좀 갖다 줄래?"

"아, 네."

밭까지 타고 온 트럭 짐칸을 보자 작은 크기의 파란색 아이스박스가 있었다.

"이건가요?"

"맞아, 맞아."

아사코는 코토리가 가져온 아이스박스를 열었다.

그 안에 들어 있던 것은 평범한 것보다 조금 비싼 아이스크림이었다.

"딱 2개만 사놨어, 남자들 몰래 먹자."

그렇게 말하고는 개구쟁이 같은 미소를 지으며 윙크하는 아사코.

"후후, 그렇군요. 잘 먹을게요."

코토리와 아사코는 트럭 짐받이에 걸터앉았다.

그리고 아이스크림 컵을 열어 함께 딸린 플라스틱 숟가락으로 떠서 한입 먹었다.

"……크흐! 일한 뒤에 먹는 단 음식은 맛있단 말이지."

아사코는 과장된 하이톤으로 그렇게 말했다.

"그러게요, 맛있네요."

계절은 겨울이지만 아직 해가 떠 있는 시간이다.

두툼한 옷을 입고 장시간 농사를 짓다 보니 차갑고 달콤한 아이스크림이 혀와 온몸에 스며들었다.

"……."

"……."

그 후 한동안 두 사람은 말없이 밭에서 아이스크림을 먹었다.

자연에 둘러싸인 시골의 시원한 바람이 밭을 휩쓸고 지나갔다.

기분이 무척 상쾌하다.

"……저기, 코토리. 유스케는 어때?"

느닷없이 아사코가 그런 것을 물어왔다.

"……어떠냐니요?"

그것은 뭘 의미하는 걸까?

"아, 질문이 너무 포괄적이었지."

그렇게 말한 아사코는 머리를 긁적였다.

어머니로서 여러 가지 묻고 싶은 것들이 있을 것이다.

"그렇지…… 남자친구로서, 유스케는 어때?"

"나, 남자친구로서요?! 그게, 그러니까……."

상대의 부모가 격식 차린 태도로 물어오자 상당히 민망

했다.

"무척, 좋은 남자친구예요. 저한테는 아까울 정도로."

"그래…… 유스케 녀석도 성장했다는 걸까?"

아사코는 먼 하늘을 바라보았다.

그리고 자신의 아들에 대해 이야기하기 시작했다.

"……이미 알고 있을지도 모르지만, 내 남편인 유스케의 아빠는 본인 아들을 프로야구 선수로 만들겠다면서 무모할 정도로 단련시켰어."

"네, 유스케 씨한테 들었어요."

"솔직히 처음에 난 좀 이해할 수 없었지. 태어나기 전부터 아이의 장래를 정해버리는 것도, 학대에 가까운 연습을 어린 시절부터 매일같이 시키는 것도. 그런 건 보통 애들한테 평생의 트라우마로 남을 테니까."

코토리도 유키 아버지의 엄격함은 유키에게 들어 알고 있었지만, 실제로 가장 가까이서 보던 사람의 눈에도 비정상적인 수준이었던 것 같다.

"하지만 말야…… 그 아이는, 유스케는 그걸 견뎌냈거든. 오히려 아빠와의 야구를 알게 모르게 즐기고 있다는 느낌마저 들었어. 진심으로 싫어하는 기색을 조금이라도 보였다면 남편을 뜯어말려서라도 그만두게 할 생각이었는데…… 내가 나설 차례는 없었지."

못 말린다는 듯 어깨를 으쓱하는 아사코.

"저 애는 그런 아이야. 그저 한결같이 열심히 해. 남편이 죽고 야구를 그만둔 다음에도 일주일도 안 돼서 의사가 되겠다는 다음 목표를 정하고 그날부터 하루 종일 공부하기 시작했어. 내 아이지만 정말 무시무시하다고 생각했지. 하지만 동시에……."

코토리는 그다음으로 아사코가 하려는 말을 짐작했다.

"……걱정되세요?"

아사코는 자신이 하려던 말을 알아차린 것에 조금 놀란 듯 코토리를 바라보았다.

"……맞아, 그렇지. 그 아이는 강해. 하지만 강하고 지나치게 노력하기 때문에 언젠가는 어딘가에서 한계를 맞이했을 때 스스로를 풀어줄 수 없는 게 아닐까 생각했어. 피곤할 땐 쉬어도 되고, 조금 게으름피워도 되고, 무책임해져도 돼. 아마 저 애는 그런 거에 익숙하지 못할 테니까."

아사코는 거기까지 말하고는 손에 들고 있던 아이스크림 컵을 놓았다.

그리고 코토리의 손에 자신의 손을 얹고는 진지한 눈빛을 보내며 말했다.

"그러니까 코토리. 유스케를…… 지지해주렴."

"……."

코토리도 아이스크림 컵과 숟가락을 놓았다.

그리고 자신의 손에 놓인 아사코의 손을 잡으며, 미소를 지었다.

"맡겨주세요."

"고마워……. 고생을 시키겠구나."

코토리는 고개를 저었다.

"아니요…… 그렇게나 믿음직한 사람은 또 없으니까요."

"그 나이에 그런 말을 하다니 너도 대단한 아이구나."

그리고 아사코는 눈을 가늘게 뜨며 말했다.

"……응, 다행이다. 안심했어."

한숨과도 같은, 몸 깊은 곳에서 새어 나온 것 같은 그런 목소리였다.

"아사코 씨……."

지금 만지고 있는 아사코의 손.

거친 손이었다.

이 손으로, 남편이 죽은 뒤 여자 혼자만의 힘으로 남자아이 둘을 키워왔을 것이다.

그건 분명 쉬운 길은 아니었겠지…….

그래서 코토리는 이번에는 반대로 아사코의 눈을 똑바로 바라보며 말했다.

"괜찮아요. 유스케 씨는 앞으로 제가 계속 지지해줄 거예요."

"……."

힘차게 단언한 코토리의 말에 아사코는 조금 멍한 얼굴을 했다.

그리고 이윽고 작게 미소 지으며.

"유스케는 정말 좋은 아이를 찾았구나……."

음미하듯 그렇게 중얼거렸다.

다음 날.

오늘은 유키 일행이 돌아가는 날이다.

"……후우, 이걸로 됐어."

유키는 자기 방에서 짐을 꾸린 뒤 혼자 그렇게 중얼거렸다.

짐이라고 해봐야 가져온 것은 참고서 몇 가지와 최소한의 갈아입을 옷, 생활용품 정도였다. 코토리는 이미 준비를 마치고 아래로 내려갔다.

"그럼…… 가볼까."

유키는 몸을 일으켜 적은 짐을 들고 복도로 나왔다.

그리고 맞은편에 있는 동생의 방 앞에 멈춰 섰다.

이럴 때 서로 굳이 인사하고 가는 스타일은 아니었지만, 오늘은 돌아가기 전에 인사 정도는 해야겠다는 생각이 들었다.

똑똑, 하고 동생의 방을 노크했다.

"……유토, 있어?"

대답은 없었다. 다시 노크를 했지만 그래도 대답은 없었다.

천천히 문을 열어보니 방안에 유토는 없었다.

익숙한 동생의 방이었지만 확연히 달라진 부분이 하나 있었다.

몇 가지 운동용품과 단백질 셰이커가 놓여 있었던 것이다.

유키는 방 안으로 들어가 바닥 위에 놓여 있는 금속 아령을 들었다.

"오, 꽤 무거운 걸 쓰네."

아마 오사카에게 빌린 거겠지.

짧은 기간이었지만 동생이 노력했다는 증거였다.

기쁨에 무심코 미소가 지어졌다

"응?"

문득 책상 위에 가지런히 놓여 있는 종이 뭉치에 눈길이 갔다.

"이건……."

종이에는 칸이 나눠진 그림이 그려져 있었다.

"유토, 만화를 그렸었구나."

조금 양심에 찔리긴 했지만 내용이 궁금했다.

유키는 흩어진 종이를 주워 모아 순서대로 두고 한 장 한 장 유심히 읽기 시작했다.

"……호오, 이건."

한참 그러고 있는데.

"……어? 형 아직 있었구나."

밖에서 돌아온 것인지 동생이 방 입구에 서 있었다.

땀이 좀 난 것을 보니 운동을 하고 온 것 같았다. 습관이 된 것은 좋은 일이다.

"잠깐, 형, 그거……."

"응? 아아, 미안. 멋대로 봐서."

"딱히 상관은 없는데……."

유토는 약간의 민망함과 불만이 섞인 듯한 얼굴로 말했다.

유키는 들고 있던 종이를 책상에 정성스럽게 놓아두고 방을 나섰다.

"그럼 나 갈게.

"응, 잘 다녀와."

"아아, 그리고 말이야."

"왜?"

"만화…… 재밌더라, 재능 있는 거 아냐?"

"……."

유토는 놀란 얼굴로 눈을 껌벅이며 원고와 유키의 얼굴을 번갈아 보았다.

"그럼 이만."

유키는 그런 유토를 뒤로 하고 계단을 내려갔다.

내려오자마자 자리한 현관에서는 코토리와 아사코가 화

기애애하게 이야기하고 있었다.

"기다렸지."

유키가 그렇게 말하자 아사코와 코토리가 이쪽을 보았다.

"……다음에 보자, 코토리. 언제든지 놀러와."

"네, 감사합니다, 아사코 씨."

"유스케도 코토리를 소중히 대해주렴."

"응, 말 안 해도 그럴 거야."

"좋아."

아사코는 만족스럽게 그렇게 말했다.

신발을 신고 현관을 나선 유키가 코토리에게 말했다.

"……그럼 돌아갈까?"

"네."

코토리는 웃는 얼굴로 그렇게 답했다.

◇

"……그러고 보니 아까 엄마랑 무슨 얘기 하고 있었던 거야?"

돌아오는 기차에 몸을 실은 채 둘이서 아사코가 싸준 도시락을 먹으면서 유키가 그렇게 물었다.

코토리는 잠시 생각하더니 조금 짓궂은 미소와 함께 입을 열었다.

"후후…… 여자들만의 비밀 이야기예요."

"오사카 때도 그렇게 말하지 않았어……? 아니, 뭐 상관없긴 한데."

직접 오사카의 이름을 입에 올리자 귀성한 동안 있었던 일들이 떠올랐다.

"그나저나 꽤 길게 느껴지는 겨울 방학이었어."

"그런가요?"

"응, 일도 없었고, 모처럼 방학이라 공부도 일부러 조금 줄여보니까 어쩐지 하루가 쓸데없이 길었던 것 같아."

하루하루의 충실감도 좀…… 뭐랄까, 허전한 느낌이었다.

"작년 겨울 방학은 정신 차리고 보니 끝나 있었는데. 역시 난 워커홀릭인 건가?"

"후후…… 좋지 않나요? 저는 그런 유키 씨가 멋지다고 생각하는 걸요."

"……코토리."

솔직히 자신의 이런 부분은 지루하다고 생각했었는데, 그런 말을 들으니 저도 모르게 기뻤다.

유키의 손이 자연스럽게 코토리의 머리로 향했다.

"고마워, 코토리……."

"유키 씨……."

코토리의 매끄러운 머릿결의 감촉을 충분히 즐긴 뒤 그

만 손을 떼려고 했는데.

"앗."

유키의 팔꿈치가 페트병의 차를 치고 말았다.

다행히 내용물이 많이 남아 있지 않아 대참사까진 아니었지만 옷 위로 쏟고 말았다.

코토리가 황급히 자기 손수건을 꺼내려 했다.

"괜찮아, 괜찮아. 내 거 있으니까."

유키는 코토리를 본받아 최근 손수건을 들고 다니기 시작했다.

오늘도 늘 입는 코트 주머니에 준비되어 있었다.

유키가 손수건이 들어 있는 주머니에 손을 넣어 꺼내려 했다.

그때, 손수건 말고 평소와 다른 감촉이 느껴졌다.

"어? 뭐지?"

"왜 그러세요?"

의아하게 바라보는 코토리.

유키가 주머니에서 그걸 꺼내보니.

콘○이었다.

"……"

"……"

그 순간 둘 사이의 시간이 멈췄다.

덜컹덜컹. 기차가 선로 위를 달리는 소리만이 울려 퍼진다.

'오오오오오오오오오오오오오?! 그리고 보니 급한대로 여기에 넣어뒀었구나아아아아아아아아아아아아?!'

그랬다. 얼마 전 오사카가 던진 채 그대로 떠넘기고 갔던 것이다.

"……."

"……."

죽을 만큼 어색한 침묵이 흘렀다.

어쩌지, 이걸 뭐라고 설명해야 하지.

소꿉친구가 나랑 사귀고 섹ㅇ해! 라고 압박해 와서 거절했더니 이걸 강제로 쥐여줬습니다.

사실대로 말하면 이런 느낌이었지만 뭔가 굉장히 오해를 살 것만 같았다.

"……저어."

침묵을 깬 것은 코토리였다.

"유키 씨는…… 저기…… 하고 싶으신가요?"

"어? 아니, 그게."

갑자기 물어봐도 대답하기 난감했지만 '전혀 하고 싶지 않다'는 식의 거짓말은 할 수 없었다.

"하고 싶냐, 하고 싶지 않느냐 하면 그야 하고 싶긴

한데……."

인간이니까.

"그렇군요…… 알겠어요……."

"그렇겠지…… 어?"

놀라서 코토리의 얼굴을 보았다.

"괜찮아요."

코토리는 약간의 두려움이 담긴 진지한 눈빛으로 이쪽을 바라보았다.

"저…… 괜찮아요."

"……그렇구나."

"네."

역시 진지한 눈이다.

여기서 거절하면 남자가 아니겠지.

"좋아, 알았어. 하자."

"……네."

코토리는 긴장한 얼굴로 그렇게 말했다.

유키도 당연히 마찬가지였다.

그 후 두 사람은 전차 안에서 말 한마디 하지 않은 채 집으로 들어섰다.

여러분 오랜만입니다, 키시마 키라쿠입니다.

『뛰내여』 4권을 맞이했습니다.

3권 후기에서도 적었듯이 이 작품은 한 권 한 권마다 장편 영화를 본 것 같은 만족감을 제공하고자 하는 마음으로 쓰고 있습니다.

그래서 다른 로맨틱 코미디와는 조금 다른 전개가 진행됩니다.

이번 권의 이야기는 '자기도 모르는 새에 짝사랑을 시작한 현지 소꿉친구가 등장해 자신과 사귀자고 한다'라는 실로 로맨틱한 상황입니다.

좋았어, 이거라면 로맨스물 같은 제대로 된 작품을 쓸 수 있겠는걸.

그렇게 생각하며 적었는데 역시나 별로 로맨틱하지 않았습니다. 어느 쪽이냐 하면 군상극이라고 해야 할까요? 딱히 장르 구분이 의미가 없다는 느낌입니다.

그렇죠. 애초에 주인공도 히로인도 너무나 완성된 인간이라는 것부터가 로맨스물답지 않습니다.

물론 내용 자체는 무척 만족스러웠으니 아직 본편을 읽

지 않은 분들은 기대하며 읽어주세요.

그리고 커버 날개 쪽에도 적어두긴 했지만 단행본으로서 발매하는 분량은 여러 사정으로 인해 이번 권으로 끝나게 되었습니다.

하지만 귀한 시간을 내어 이번 권까지 읽어주신 분도 계실 테니 KADOKAWA 쪽 소설 투고 사이트『카쿠요무』에서 뒷이야기를 연재하기로 했습니다.

시리즈의 구성으로 보면 사실 앞으로 한 권 남짓한 에피소드가 남아 있습니다. 부정기 연재가 되겠지만 끝까지 써볼 생각입니다.

『카쿠요무』에서 이 작품의 제목을 검색해 주시면 찾을 수 있으니 유키 일행의 이야기를 끝까지 보고 싶으신 분들은 보러 와주신다면 좋겠습니다.

뛰내여 4권 발매
축하합니다!
뛰내여에 등장하는 인물은
전부 매력적이라 다 마음에
들어요!
더 많이 그리고 싶었는데
하는 아쉬움이 남습니다…
4권 일러스트도 마음에
드셨다면 좋겠습니다!

TOBIORI YOTO SHITEIRU JOSHIKOSEI O TASUKETARA DONARUNOKA?
Vol.4
©Kiraku Kishima, Kuronamako, Ratan 2022
First published in Japan in 2022 by KADOKAWA CORPORATION, Tokyo.
Korean translation rights arranged with KADOKAWA CORPORATION, Tokyo.

뛰어내리려는 여고생을 구해주면 어떻게 될까? 4

2024년 1월 15일 1판 1쇄 발행

저　　　자	키시마 키라쿠
일 러 스 트	쿠로 나마코
옮 긴 이	이소정
발 행 인	유재옥
총 괄 이 사	조병권
출판본부장	박광운
담 당 편 집	박치우
편 집 1 팀	박광운 최서영
편 집 2 팀	정영길 조찬희 박치우 정지원
편 집 3 팀	오준영 이해빈 이소의
디자인랩팀	김보라 박민솔
디지털사업팀	박상섭 김지연 윤희진
라이츠사업팀	김정미 맹미영 이윤서
영업마케팅팀	최원석 박수진 박소연
물 류 팀	허석용 백철기
경영지원팀	최정연
인쇄제작처	㈜코리아피엔피
발 행 처	㈜소미미디어
등　　　록	제2015-000008호
주　　　소	서울시 마포구 토정로222, 403호 (신수동, 한국출판콘텐츠센터)
판매 및 마케팅	(070) 8822-2301

ISBN 979-11-384-8156-4
ISBN 979-11-384-3584-0(세트)